2013 제58회

現代文學賞

수상시집

안규철, 「두 개의 빈 의자」, 드로잉

| 현대문학상 기념조각 |

안규철

책은 양면적인 요소들이 중첩되어 있는 물건이다.
책에는 왼쪽과 오른쪽 페이지가 있고, 보이는 앞면과 보이지 않는 뒷면이 있다.
안과 밖이 있고, 시작과 끝이 있다. 흰 종이와 검은 잉크가 있고,
드러난 것과 숨겨진 것이 있으며, 저자와 독자가 있다.
서로 상반되면서 동시에 상호의존적인 이런 요소들은 책이 닫혀 있을 때는 드러나지 않는다.
책은 상자와 같아서, 책장이 펼쳐지기 전에 그것은 무뚝뚝한 한 덩이 종이뭉치에 불과하다.
책을 열면 이렇게 하나였던 것이 둘이 된다. 왼쪽과 오른쪽이, 안과 밖이, 저자와 독자가 거기서 생겨난다.
그리고 그 둘 사이에서, 낯선 한 세계의 지평선이 떠오른다.
마술사의 손바닥에서 피어나는 꽃처럼, 작은 책갈피 속에서 세계 하나가 온전한 윤곽을 드러낸다.
문학작품 앞에서 늘 그것이 경이롭다.

제58회 現代文學賞 수상시집

이근화
한밤에 우리가 외

H
현대문학

| 차 례 |

수상작

수상시인 자선작

수상 후보작

역대 수상시인 근작시

심사평

수상소감

수상작

한밤에 우리가 외

이 근 화

이근화

한밤에 우리가 외

1976년 서울 출생.
2004년 『현대문학』 등단.
시집 『칸트의 동물원』 『우리들의 진화』 『차가운 잠』.
〈윤동주문학상 젊은작가상〉〈김준성문학상〉 수상.

한밤에 우리가

한밤에 치킨버스*를 타고 우리가 간다면
보이지 않는 산
흐르지 않는 강
다가올 여름을 위해 아껴둔 풍경들

불편한 식사를 거절하고
약속을 만들지 않고
형광등 불빛 아래 빛나는 초콜릿 바를 깨문다
끈적한 입속에 가지런한 이들이
다가올 여름을 위해 제대로 썩어간다

퇴근길에 아이들을 번쩍 들어 올리는 손을 물끄러미 바라보다
가
우리의 유전자가 냇물같이 흘러서 어디에 이를지 고민하다가
발이 세 개인 수레가 남기는 긴 흔적을 따라가본다

뜨거운 심장을 갖게 해줄 신비의 명약과 어려운 주문이
아이들의 입속에서 예고 없이 흐르겠지
아이들의 턱밑에 조그맣게 집을 짓고 산다면

다가올 여름을 위해 나의 사람과 너의 사람을 준비하고

한밤에 치킨버스를 타고 우리가 간다면
보이지 않는 산
흐르지 않는 강
다가올 여름을 위해 아껴둔 풍경들

*중남미의 장거리 운행 버스

스파이

소리의 크기를 표시하는 단위를 생각하다가 잠이 들었어
세탁기 소리는 청소기 소리보다 다정하고
재채기 소리는 코 고는 소리보다 우습고
가위질 소리는 물 끓는 소리보다 단정한 것 같아

연못의 고요는 허구야 물고기들이 떼로 트림을 하고
야구장의 함성은 언제나 침묵과 고요의 시간 뒤에 오고
머리카락이 싹둑 잘려나갔지만 아무것도 반성하지 않았다
희고 딱딱한 귀가 오늘은 파도 소리를 담으러 바다로 간다

한 달 전에도 일 년 전에도 내 귀는 거기 달려 있었는데
십 원짜리 동전처럼 쓸모없이 생각되었는데
머릿속에서 귀는 언제나 찌그러져 있고
남의 뒤통수는 늘 시원하게 보인다

파도는 시원할까 날마다 조금씩 뜨거워질까
추억을 녹이며 죽어가는 노인들의 미지근한 백발이여
평범한 소리를 담기 위해 지불해야 할 것이 많은 것 같아
나는 매일 밤 잠이 들고 말았지만

제발 이 손 좀 놔주세요

호박죽 포장을 들고 있었다
오토바이가 쓰러졌고 한참을 미끄러져 나갔다
쿵 소리가 먼저였던가

계산하던 아줌마가 영수증을 건네주다 놀라서
내 손을 덥석 잡았다 아이고 어떡해 어떡하지 어떡하나
헬멧을 벗은 사람은 초로의 남자였다
오토바이 밑에 깔린 다리를 빼지 못했다

설탕 트럭을 피하려다가 속도를 줄이지 못한 걸까
트럭 운전수가 오토바이를 들어 올렸다
사람들이 휴대폰을 꺼내들었다
경찰서인지 병원인지 모를 곳으로 손가락을 놀렸다

호박죽은 식어가는데
죽집 아줌마가 내 손을 놓지 않았다
나는 서둘러 가야 하는데
혈압이 오르락내리락 엄마한테 가야 하는데

얼마나 다쳤는지 보험은 들어났는지
걱정은 누구의 몫일까
영원히 일어서지 못하면 어떡해
설탕 트럭이 걱정을 우수수 쏟아냈다

아줌마 제발 이 손 좀 놔주세요, 말하지 못했다
죽은 식어가는데 엄마가 오르락내리락 기다리는데
남자의 죽은 누가 포장해 갈지
빚쟁이 딸이 있으면 어떡해
달콤하지 않은 걱정들이 쏟아지고 있었다

금 팔러 간 이야기

내게도 금은 있다
동전보다 빛나고 지폐보다 무거운 금이 있다
서랍에 처박혀 무거운 목소리를 내는 금이 있다
금값이 치솟고 고가매입 전단지와 안내판이 걸리니
공연히 그걸 꺼내보았다
집안 경제도 못 챙기는 나는
유럽 경제나 미국 증시 같은 건 알 수 없다
동네 금방 아저씨 얼굴도 가물가물
가물치처럼 길쭉하고 기름졌던가
쌀을 안치기도 귀찮은 날
동네 칼국숫집에 들렀다가 가물치와 마주쳤다
이십이만 오천 원
한때는 이십오만 원까지 쳐줬단다
미끈한 정보 사이로 그의 눈빛이 빛났던가
나의 눈빛이 가물치처럼 찢어졌던가
철저한 계획을 가지고 설렁설렁 살고 싶은데
여행을 갈까 적금을 들까 코트를 살까
비스듬히 내리는 비가 오늘 내 서랍을 적신다
칼국수 속 드문드문 박힌 조개도

아까 잠깐 웃었던 것 같다

주소록

너의 이불은 거기에 구겨져 있다
우편물이 쌓이고
오래된 것일수록 반갑겠지
새로운 먼지가 차곡차곡
꼭 다문 입술이 할 말이 많아 보인다
너는 거기 없는데

둘둘 말린 줄넘기는 파란색 검은색 얼룩무늬
땅바닥을 치고 구름을 치고
쿵쿵거린다
나와 함께 뛰어볼래
아무렇지도 않은 듯 일어서야지
그런데 무릎이 투명해지고
시냇물 소리는 점점 커진다
너의 눈이 번쩍 떠진다

이별은 언제나 축제와 같지
취해서 아무렇게나 소리를 지르고
매운 안주를 먹고

엉덩이를 흔들었는데
이상하지가 않다
가로등은 커다란 눈이 되어간다
눈물이 없는 눈
깜박거리며 어제를 잊었는데 말이야

손가락이 기억하는 숫자
입술이 기억하는 글자
눈이 기억하는 무늬들
이사 갈 줄 모르는 노인네들의 희한한 냄새
초여름 죽어가는 병자들의 신음 소리
차도와 인도를 가르기 위해 오늘도 가로수들
긴 호흡을 내뱉고
집으로 돌아갈 시간인데
시곗바늘을 잃어버린 사람처럼

코미디

얼마나 많은 콩나물이 저녁의 식탁에 오를까
우리가 죽어가는 날까지 딱딱 이를 부딪치며
씹어야 할 것들이 자라고 매일 발걸음을 딛는다
우리가 본 것들은 순서대로 하나씩 사라지겠지

슬랩스틱에 대한 우리의 기호 때문일 거야
고춧가루를 넣어야 할지 말아야 할지 잠시 망설였던가
한 사람이 쓰러지고 두 사람이 쓰러지고
폭소와 폭소 사이에 밥알이 흩어진다

구르고 짓이겨지고 들러붙는다
손끝에 화장지에 엉긴 웃음은 다 소화되지 않는다
오늘 저녁 식탁에서 미끄러져 영원히 죽고 싶다는 듯
한 사람이 쓰러지고 두 사람이 쓰러지고

콩나물은 길고 가늘고 노랗다 자세히 들여다보면
억지로 입은 속옷이나 엉성하게 붙인 콧수염처럼 어색하고
어색해서 이제 곧 찢어지거나 떨어질 것들이 있다
꼭꼭 씹어 삼키지 않아도 쉽게 넘어가는 것들이 있다

수상시인 자선작

산유화

303동과 304동 사이 버려진 분홍 땡땡이 팬티
누구의 것일까
부끄러워 아무도 손대지 못한다
다 늙은 관리인이 치우며 슬며시 웃을까
그럴지 몰라 잊은 듯 잊지 않은 듯
호주머니에 넣고 다닐지 몰라
어느 창문에서 무슨 바람을 타고 어떤 사연을 날리며
날아온 것인지는 아무도 모르지만
꽃인 듯 한참을 바라보았던
가을 햇살을 눈부시게 갈라놓았던
그런데 어쩐지 젊음도 늙음도 그 안에는 없고
향기도 주인도 없다

종종 아이들이 불다 버린 본드를 보면
마음이 공연히 깡통처럼 뒹굴고
검은 비닐봉지를 밟은 듯 발이 꺼진다
벽에 죽죽 낙서를 하며 인생의 몇 페이지를 넘겼을지도 몰라
오늘 한 권의 책이 바닥으로 무의미하게 떨어졌다
고개 숙인 사람들의 시선이 제 발끝에 이를 때에도

죽음은 끝까지 눈물을 모르겠지
그런데 버려진 팬티라니
내 마음속에 꽃이 피었네
불가능한 꽃
불가해한 꽃

저만치 버려진 팬티는 내 것이 아니다
나를 모른다
그런데 내게 주어진 단 하나의 꽃잎은
누구에게 던질까
누가 될 거니
오늘 나의 산책과 명상에는 무늬가 없다
내일 우리의 논쟁과 수다는
테이블 위의 접시를 몇 번이나 갈아치울지
주인을 잃은 이름들이 하나둘씩 떠오르는데
비가 와도 젖지 않는
더 이상 떨어질 곳이 없는
꽃잎의 어지럽고 어려운 방향을 따라가본다

택시는 의외로 빠르지 않다

창문을 여는 데는 그만한 이유가 있다
질식을 간신히 면할 만큼만 지독한 이것은 무엇인가
급한 마음에 흔들어댔던 오른팔을 진즉에 거두었지만
거둔 팔을 잘라 귀를 막고 싶다
내 고장 칠월은 청포도가 익어가는 시절을 노래하는 기사님
날 가르치려는 학교 택시

사탕 같은 것이 가방 구석 어딘가 굴러다닐지도 몰라
혀를 차고 굴리고 반복하면
입안에 쓴 것을 삼킬 수 있을지도 몰라
호흡이 서로 달라져서 칼이라도 들이댄다면
서로 지지하는 정당이 달라서 창밖으로 내동댕이친다면

물론 그런 적은 없다
라디오 볼륨이 너무 크거나
채널 선택이 마음에 들지 않거나
대꾸할 말을 쉽게 찾지 못해 졸거나
졸음 끝에 놀라운 각성과 교훈이 오거나

아무렇게나 구겨져 졸다가
뒷좌석에 두어 번 토한 적이 있고
맨 정신에 지갑을 흘린 적이 두어 번 있다
번호판이나 기사 이름은 생각나지 않는다
골목을 빙빙 돌다가 아무 데나 버려진 것이겠지
그도 그럴 것이다

무수히 많은 사람들이 골목길에 버려졌을 것이다
그걸 택시 졸업이라고 해야 할까
오늘 길은 갈래갈래 뻗어 있고
쥐새끼 두더지 표범 하마 들처럼 줄지어 서서
어디를 무엇을 누구를 물어뜯을지 뻔한 표정으로

오늘 우리의 식탁 위에는
조작된 게임과 매끄러운 커튼이 있고
우스운 과거와 무시 못할 가족력이 있고
사업 실패와 약물 중독 사이 마주칠 수 없는 눈이 있다
그리고 택시는 의외로 빠르지 않다

요양원

당신의 입술은 회색
쉭쉭 바람 소리가 난다
당신의 말은 달콤해
내가 스르르 넘어간다

내게 다음 페이지가 생긴다
당신은 지치지 않고 회색
내 피는 그게 아닌데
내 꿈은 배가 고프다

당신의 회색이 솟아오른다
차갑거나 뜨거운 것이 아니다
오늘도 살아야 하는데
내 목소리가 저기 멀리서

되돌아온다 고마워
내가 끝까지 사랑할게
이제 신발을 신으러 갈까
나의 발은 너에게 줄게

오늘 밤에는 그런 거야
길 위에 더럽게 버려진 우리들
당신이 삼킨 것을 왜 별들이 토해내지
손끝에 거대한 잠이 매달린다

끝이다 끝날 수 없다
검은 나무의 말이다
이건 아니야 정말이야
새벽 창문이 비를 맞는다

대화

겨드랑이 밑으로 숨어드는 얼굴을 자꾸 끌어다 놓고서
나는 거짓말을 잘하는 사람이 아니다

옥수수알들이 옥수수를 향해 결의하듯이
뜨거운 햇볕을 견디며 하품하듯이
옷을 입고 옷을 입고 옷을 입고

당신은 앞니 두 개가 튀어나왔다
당신은 곱슬머리를 갖고 있다
당신의 눈은 졸음을 향해 간다

나는 대답을 잘하는 사람이 아니지만
늘 언제나 매일
머리를 빗고 머리를 빗고 머리를 빗고

나는 내 앞의 사람을 사랑하는 사람이다
나는 내 옆의 사람을 끝까지 사랑하는 사람이다
사랑으로 체중이 늘고 체중이 늘고 체중이 늘고

우리는 발을 씻듯 허무를 견디고
계단을 오르듯 죽음을 비웃고
닭다리를 뜯다가 시계를 보고

서둘러 집으로 간다

비닐 중독

검은 비닐을 뒤집어쓴다
물속처럼 아늑하다
내 사고와 감정에 맞다

때론 분홍 비닐……

우우우 모르는 네가 몰려올 때마다
비닐을 뒤집어쓰고 하늘을 본다
예전부터 거기엔 아무것도 없었다

머리카락이 자란다
듬성듬성 머리카락 아닌 것도 함께
신 포도가 주렁주렁 열리고

까마귀 한 마리 날아오른다
내가 주인공이 아닌 이야기를 꼭꼭 밟는다
옷을 잘 차려입고서

네가 어른이 됐다

너도 비닐을 뒤집어쓸 차례
함께 까마귀를 날린다

한 마리 두 마리 세 마리……

때론 붉은 하늘
손가락 사이가 너무 멀다
아무것도 자를 수가 없다

별사탕 제조기

별사탕 제조 공장에 김씨와 김씨가 나란하다
서로 똑같은 표정을 갖게 되기까지
고른 치열과 낯빛을 갖게 되기까지

커다란 솥에 설탕물을 흘리면
설탕 씨앗들이 뿔을 하나씩 키우는데
뿔 속에 달콤한 시간들이 고여 김씨들에게로

김씨의 자부심이 별사탕처럼 달콤하고
김씨의 회의가 별사탕처럼 빛난다

아이들이 썩은 이를 드러내며 웃을 때
다 자란 어른들은 정말 녹는가
아이들이 배고플 때는 어떤가

더 많은 설탕과 밀가루가 필요하다
당신의 장미와 사탕을 내게 보내주기를

설탕을 모래 바라보듯이 볼 수 있다면 좋겠지

모래 언덕에 발이 푹푹 빠진다

커다란 발을 부르는 목소리 속에는
달콤한 거울이 숨어 있어서
세 개씩 네 개씩 뿔이 마구 드러난다

스팀보이

푹푹 기차가 달릴 때까지
달리는 기차 안에서
달리는 기차처럼 운동을 하고
목이 찢어질 때까지
가래를 뱉고 싶습니다

가래를 뱉습니다
전봇대에 한 번
화단에 한 번
염화칼슘 보관함을 열고
포복하여 화장실 바닥에

음악이 실내를 바꾸는 동안
우리도 우리의 내면을 바꿉니다
역과 역 사이 쓸모없는 풍경이 펼쳐지고

웃음이 쏟아질 때까지 국수를 먹습니다
밤의 장르가 됩니다
24시간 동안 거품을 일으키고

한 사람과 한 사람 사이
감정은 철로처럼 뜨겁고 길어집니다
역과 역 사이에는 고통이 없고

고양이의 낮잠

고양이의 낮잠을 방해하지 마세요

먼 바다
등대는 아직 꺼지지 않았고
물에 잠긴 길을 아직도 걷고 있습니다

고양이의 낮잠을 방해하지 마세요

지난밤
파도 하나가 쓰러지고
꿈속 일들이 꿈 바깥으로 조용히 넘쳤습니다

고양이의 낮잠
철길 옆의 철조망
철조망에 우수수 피어난 참새떼

참새의 꿈을 방해하지 마세요
기차가 지나가고
뜨거운 기차가 한 대

차가운 기차가 한 대

현실의 그림자만 밟아주세요
젖은 발로 끝까지 서서
떨어지는 해를 지켜주세요

수상 후보작

강 정

한낮의 어두운 빙점 외

1971년 부산 출생.
1992년 『현대시세계』 등단.
시집 『처형극장』 『들려주려니 말이라 했지만』 『키스』 『활』.

한낮의 어두운 빙점

겨울 해를 마주 보고
허공에 돋보기를 댄다
전자파처럼 떠도는 적막한 비명

둔덕 너머에 걸려 있던 흰 달이 구름의 모서리를 긁는다
공기의 숨겨진 문을 따고 여름의 파도가 침투한다

머리 위로 하얀 물거품이 멈춰선다
커다란 고드름으로 얼어붙은 햇빛이
푸르른 정적을 찢는다
길게 늘어지는 물방울들을
순결한 寶劍인 양 치켜들자

물기가 녹을 때마다
햇빛이 동면하는 기억들에 불그스름한 고름을 먹인다

찢긴 구름의 능선 사이로
일찍 깨인 밤이 기다란 밧줄로 떨어진다
전신을 매달아 빛의 꼭대기로 기어오른다

얼음조각으로 늘어선 당신의 지난날
희디흰 시간의 동굴에서 불현듯 눈을 뜨는
검은 곰의 울음
천상의 물고기를 잡아먹고 섧게 포효하는
거친 털가죽 속의 망각

흰 구름의 입자들이 사람의 얼굴로 융기한다
돋보기를 대었던 자리에 은빛 활자들이 도열한다
이름도 뜻도 없이 파랗게 일어서는,
시를 망각한,
고요의 피톨들

밤의 입자들이 천 개의 눈을 밝혀 대낮을 응시한다
나는 신의 자리를 빼앗았다

애이불비, 까마귀

눈보라가 휜다
진눈깨비의 소슬한 반란

닫힌 창을 두드려
사랑의 열쇠를 비트는 한낮

삼천 리 길 떨어진 그대 집 앞에서 눈물 흘린다
눈송이의 엷은 결정들 속,
차가운 먼지로 떠도는 보석들을 꺼내려
발톱을 치켜세운다
눈물을 닦으려는 품새일 수도 있다
눈 밑에 핏줄이 긁힌다
발톱 끝에서 시간의 걸쇠에 목줄 걸린
바람이 윙윙댄다

잠들어 있는 그대의 복부에
상심한 진눈깨비들이 유리알로 내려앉는다
수백 줄기 피의 小路가 열리고
차갑게 닫히는

사랑의 통로들

피 흘리며 찢어진 길들이 오래전 혼자 울던 날,
거울 속의 느린 상처 같다

진눈깨비가 멎는다
창밖이 빠르게 무거운 깃털로 어두워진다

전신을 가린 어둠 뒤편에서
나는 흙빛 깃털의 무게로 흐느낀다

일부러 상처 내기 위한 사랑이 아니었다
그대를 업으려 내민 등에 세계의 참혹한 비밀이 얹혔을 뿐,

주둥일 부라려 눈가를 핥는다
목젖에서부터 칼이 솟구친다
갈기갈기 찢긴 그대를 물고 날개를 긁적인다

그대가 쓰러진 자리,

함지박만큼 벌어진 시간의 검은 구멍 속에서
벌거벗은 여자가
눈보라 속을 달린다
여자가 뛰어간 자리에만
거대한 폭설이 백 년 만의 안부처럼 나부낀다

날개를 펼쳤더니 쨍한 하늘 낮달의 부리에 걸려
시커멓게 몰려오는,
한겨울, 통곡 없는 울음의 검은 메아리

共有結合

햇빛 속에 당신의 부드러운 털올이 떠다닌다
공기 속에 푸르른 비단이 펼쳐진다

당신은 물길처럼 연하게 시간의 능선을 넘어갔다
오래 만질수록 미끄러져 사라지는 지상의 마지막 온기

기다란 비단결의 밤에 무릎을 꿇는다
몸속에서 흰 꽃이 벙벙 터져 별들이 눈물 흘린다

당신의 살결을 뒤집으면 시간은 빛의 속도를 늦춰
이 생 바깥의 무늬를 내 몸에 새긴다

龍과 장미의 선율로 몸피를 두른 채
왼손과 오른손이 서로를 밀쳐내는 이상한 놀이에 전념한다

머나먼 바닥으로 추락하는 공기방울들의 날 선 飛散
귀를 닫은 수천 년 전의 음악

나는 손바닥을 펼쳐 어지럽게 갈라진 지문 속으로 숨는다

실선 마디마디에서 분수가 터져 기나긴 강으로 흐른다

누구인가
비단의 양쪽 귀를 잡아당겨 힘차게 고인 물을 털어내는 당신
은……

장미를 입에 문 龍이 커다란 불을 뿜는다
나의 정신은 알몸으로 얼어붙어 서서히 녹는다

추락한 별들이 열어젖힌 밤의 빗장
암청색 비단결 위에서 당신의 투명한 陰毛가 불타오른다

문득 돌아본 하루

나무 하나 없는 곳에서도
나무가 보인다
죽은 자들이 대낮 창천 아래에서
민낯으로 속삭이고 있는 거다

채 다 얘기하지 못한 잎사귀들이 벌렁벌렁 바람의 윤곽선을 본
딴다
허공 한가운데 커다란 창이 떠 있다
안으로 깊숙이 들어가
창밖 너머 그들의 얼굴 보려 하지만
자꾸 내 얼굴만 얼비친다

표정이 바뀔 때마다 나무들이 우는 소리를 낸다
수십 년 전 심폐를 빠져나간 녹슨 공기의 진동

돌개바람이 인다

피와 재가 섞인 물 단지 하나,
참수 당한 시간의 머리통인 양

길 위에 구른다

문득 지구의 원형이 대기 바깥에서 우는 소리

가장 가까운 곳의 나무가 천천히 걸어와
핏물을 들이켠다

뒤돌아본 옛 도시가 불타고 있다

마지막 봄이 오면
말끔히 盛裝한 거지가 잿더미를 머리에 이고
바람을 殉葬할 것이다

도근도근

도근도근,
이라 쓰고 마음 안에 그 자리를 찾는다
어떤 근육의 실없는 움직임이거나
새벽녘 창가에 머물던 이명 같은 건지도 모른다
성경을 읽다가 내뱉은 마른기침이나
코끝에서 시작되어 일순,
전 생애를 다 바쳐 무릎 꿇게 만들었던
먼 기억의 피 냄새일 수도 있다
파리의 상서로운 내왕이거나
잠의 피륙들을 알따랗게 허공에 떠
생시에 그릴 수 없는 그림들을
다가올 아침의 태양빛에 새겨놓는
꿈속 마녀의 머리카락이라면 또 어떨 것인가
도근도근,
이라 되뇌며 하고 싶은 말과
할 수 없는 말 사이에 느릿느릿 징검돌을 놓는다
가고 싶은 곳과 가야 할 곳이
욕망과 당위 사이에서 서로를 밀고 당길 때
그 모든 사태를 짐짓 남의 일인 양 눈 내리깔고는

멀리서 낚싯대를 드리운 채
잡히지 않는 물고기의 기별이나
혼자 쥐어짜보는 것이다
이것은 누구의 계시나 명령도 아닐 것이고
뭔가를 바라서 들끓던 마음의
분방한 객기도 아니었을 것이다
그저 어떤 것의
우연하고 돌발적인 눈 뜨임에게 말을 걸려 하니
짐짓 눈 그늘이 짙어지면서 명징한 말의 쓰임을
잊어버린 까닭이라 순순히 숨 쉴 뿐이다
아무럼,
천성이 벙어리인 자가 자기를 밝히려
암흑 같은 마음속 옥편을 펼치다
떠내려던 말의 페이지가 보이는 즉시,
찢겨져버린 사태라 여기면 또 얼마나 측은하고 그윽하여
그대로 순결할 것인가
또는 순결하지 않으면 어떠할 것인가
도근도근,
이라 쓰고 아무 뜻도 메아리도 찾지 않는다

도근도근,
가닿은 모든 것이 허방에서 잡히지 않는 물고기와
봄볕의 총천연색 물비늘 속에서
각자의 무지개로 어지럽게 제 뜻을 지운다
도근도근,
은 아마 눈에 오래 낀 이끼에
마음이 미끄러지는 소리가 또 아니었을 것인가 싶지만 그저,
도근도근, 논다
하나의 생을 뒤집어 다시 발 구름하는 연한 배냇짓이라면
이 얼마나 유쾌하고 또 마음 짠할 것인가
도근도근

겨울 빛

흰 나방이 떠돈다
이것은 충분히 설명 가능한,
부드러운 착란에 속한다
흰 나방이 떠돈다
눈 더미에 파묻힌 사람이
눈의 최초 형상으로 일어선다
유리 결정으로 맺힌 거미줄
햇빛이 길고 투명한 혈관을 내어 건다
그 속에서
흰 나방이 떠돈다
흰 나방의 그림자가
허공의 빙점을 1인치씩 끌어올린다
누가 죽었다는 기별
아무도 슬퍼하지 않는다
눈 더미 속에서 액체가 되는 눈송이처럼
흰 옷을 입은 사람들이
총천연색 꿈을 꾼다
죽은 자의 초상을
광고판 속 미녀의 얼굴 위에

한 겹 두 겹 겹쳐 그린다
미녀의 눈에서 흰 나방이 웃는다
미녀의 입속에서 흰 나방이 불을 뿜는다
미녀가 흰 털을 껴입고 걸어 나온다
미녀가 대기 중에 미끄러진다
흰 나방이 떼로 떠돈다
눈 더미에 묻혀 있던 사람이
쓰러진 미녀 위에 올라탄다
눈의 최초 결정들이
하늘로 오른다
흰 나방의 몸에서
하얀 빛이 빠져나간다
이것은 목숨을 다한,
直視에의 충동에 가깝다
흰 나방이 떠돌면서
흰 나방에서 벗어난다
흰 나방의 몸짓이 지워진다
벌거벗은 미녀가 흰 붓을 들고
눈 더미 속에서 깨어나는

검은 곰의 눈알을 색칠한다
이것은 눈의 최초 결정 속에서 목격한,
세상의 마지막 풍경
검은 곰의 흰 뼈들이
어느 도시의 최초 도안이 된다
흰 나방과 검은 곰의 무게는
영원한 等價로
오래오래 태양의 저울을 멈춰 있게 한다
춥다
환하다
당신을 향했던 유일한 전갈처럼
악의 없이 빗나간
영혼의 분침처럼

최초의 책

희원일까 체념일까
책갈피 속에서 동그란 점이 하나 떨어졌다
지난밤에 올려다본 달일 수도 있다
부식토 냄새가 난다

한 개 점을 오래 들여다본다는 건
세계로부터 자신을 덜어내
다른 땅을 핥겠다는 소망

머리를 박고 울면서
점 안으로 자라 들어가는 고통의 뿌리로부터
아직 태어나지 않은
나무와 풀들의 水源을 찾는다

나는 머잖아 숲이 된다
나무들을 끌어안고
나무들의 무덤이 되어
다시 동그란 점이 된다
지구를 알약처럼 삼키고

손때 묻은 우주의 벌목지대에서
천년을 잘못 읽히던 책 한 권,
비로소 제 뜻을 밝힌다
壽衣 벗듯 문자를 풀어헤쳐
돌의 이마 위에 투명하게 드러눕는다

나뭇잎 한 장이 전속력으로 한 생을 덮는다
나는 미래의 기억을 다 토했다

오 은

건축 외

1982년 전북 정읍 출생.
2002년『현대시』등단. 시집『호텔 타셀의 돼지들』.

건축

겨울에 들어서자마자

입구에서부터 벽돌이
날아왔다 붉은 벽돌이 회벽을
들이받았다 푸슬푸슬 가루가
날렸다 화약내와 함께

로코코, 로코코
내일의 화제話題처럼 불이 났다

나는 그제야 짓기 시작한다
표정을
표정들로 이루어진 위태로운 집을

문은 많이 만들어야 해
창문은 한껏 열어놔야 해
누군가는 분명 죄를 짓고 말 거야

1층이 창문을 열고 활짝 웃는 동안

5층은 울상을 지었다
7층이 내색하지 않았지만
8층은 알고 있었다
이 풍부한 건물이 몇 초 뒤에는
거대한 잿더미가 되리라는 것을
그것이 곧 거창한 빚더미로 불어나리라는 것을

어젯밤의 짝짓기가 불발이 되리라는 것을

4층은 모른 척하고 있었다
3층과 5층은 진짜 몰랐다
벽에 대고 사정없이 못질만 해댔다
옥상에 남겨진 낙엽들이
투신하기 직전에 서로 부둥켜안을 때

6층은 노름에 한창이었다
열기에 휩싸여
이 열기가 그 열기인 줄은 꿈에도 몰랐다

다다, 다다
애먼 문이란 문만 다 닫아버렸다

패牌가 도망갈 리는 없었다

불이야, 불이야!
잠자던 2층이 갑자기 고함을 질렀다
약빠른 10층이 부랴부랴 돈 될 만한 것들을 챙겼다

문은 많았지만 정작 나갈 수 있는 문은 없었다
창문은 열려 있었지만 막상 뛰어내리기엔 무서웠다

패牌가 도망칠 수는 없었다

9층은 폭죽처럼 힘차게 솟구쳐 올랐다가
잠시 후,
폭죽처럼 힘없이 바닥으로 떨어졌다

그사이,

지하층은 새로 올 입주자를 위해
한시바삐 말을 지어내고 있었다

심층은 남몰래 꽃노래를 짓고자 했지만
겨우내
매듭은 지어지지 않았다 내년의

이름은 결국 지어지지 못했다

마술

검은 장막에 바늘구멍을 내듯이, 그 구멍으로 맞은편 바늘 도둑을 지켜보듯이, 바늘로 찌르듯 가느다란 빛이 들듯이, 바늘로 찌르듯 날카로운 빛이 들듯이, 검은 장막이 투명한 거울이 되듯이, 바늘 도둑이 제 얼굴을 보고 흠칫 놀라듯이, 오 분 뒤가 불투명해지듯이, 검은 장막이 팽팽해지듯이

그 틈에 바늘 도둑이 소도둑 되듯이, 바늘구멍이 개구멍 되듯이, 개구멍으로 소도둑이 재빨리 도망치듯이, 때마침 아지랑이가 피어오르듯이, 분위기 있어지듯이, 거울을 본 바늘 도둑이 눈을 끔벅이며 흡족해하듯이, 오 분이 빛살처럼 자잘하게 나뉘듯이, 빛살 한 줄기를 타고 어디선가 개 한 마리가 출몰하듯이

컹컹 주문을 외다

개구멍에 개의 몸뚱이가 걸렸을 때, 빠져나가지 못한 개가 눈을 찡긋찡긋했을 때, 평범함을 그만 들켜버렸을 때, 검은 장막이 뿌리치듯 휙 걷힐 때, 소도둑은
낌새가 되어 푸드덕 날아갔다. 장막을 뚫고

흘러갔던 것이 흘러나왔다.

오 분 사이
두 번의 흐름이 있었다.

손바닥을 펴니 가뭇없었다.
어떤 것이 사라지고 어떤 것이 나타났다.

검은 장막은 원래 없었어.
바늘구멍은 원래 없었어.
네가 만들었을 뿐

동전은 원래 있었어.
카드는 원래 있었어.
네가 몰랐을 뿐

단어는 원래 있었어.

심상한 듯 예사롭지 않게
심심할 땐 획을 뻗치기도 하면서

유에서 유를
유에서 유를

오 분 전처럼 투명하게,
흐르듯
유에서 유를

구원

이 시가 너를 살렸어
이 문장이 이 시를 살렸어
이 단어가 이 문장을 살렸어

네가 이 단어를 살렸어
네가 물속 깊이 잠겨 있던
이 단어를, 하나의 넋을 건져 올렸어

너와 말은 공생한다
힘들이지 않아서 힘들고
보잘것없어서 대단한

아름다운 공회전

너는 이제 지구 어딘가에서
돌 때까지
겉돌다가 헛돌다가 마침내 감돌게 될 때까지

이 단어가

이단의 언어가 될 때가지
너만의 단어가 될 때까지

네가 이 시를 완성할 때까지
내처 아름답다

말맛

아버지라고 하지 말고 아빠라고 부르렴
성년의 날이 지났는걸요
성년이 지났어도 어른이 되지는 않으니까
어른이 되더라도 꿈을 꿀 수는 있으니까
꿈이 개꿈이면 어떡하죠?
개꿈도 약에 쓰려면 없으니까
어차피 애들 꿈은 다 개꿈이니까
애들은 사이좋게 어수선하니까
화날 때조차 어수선하니까
환할 때 수선화같이 웃고 싶은걸요
수선화는 열매를 맺지 못하니까
수선거리며 하얗고 노래지니까
노랗고 하얘지니까요?
그게 더 예쁘구나 한층 더 맛있구나
문득 출출한걸요
말이 넘치고 있으니까
덕분에 내 말은 항상 모자라니까
우리는 부자잖아요
가난한 부자니까

늘 엄마의 손길이 부족하니까
그리우면 냉장고를 열어야 해요
검붉은 열매가 있어요!
새콤달콤하게 생겼어요!
언뜻 언 듯해요!
우리가 부자가 되었구나
더 무서워졌구나
이제 곧 벼락이 칠지도 모르겠구나
재빨리 해치워야겠구나
한 움큼 집어 넝큼 씻어야겠어요
촉감과 감촉은 다르니까요
버찌와 체리의 맛이 다른 것처럼
덥다고 다 뜨거운 것은 아닌 것처럼
네가 방금 말로 열매를 만들어낸 것처럼
그 열매를 우리가 단숨에 해치운 것처럼

등줄기를 타고
새콤한 식은땀이 흐르기 시작했다

달콤한 한낮이 기울고 있었다
우리는 부잣집 부자처럼
엄연하고 어엿했다
엄연히 어엿했다
입안이 꽉 차 있었다
맛보지 않아도 알 수 있었다

다음 말이, 다음다음 말을
딛고
목구멍 위로 올라왔다

맛이
기가 막혔다

문법

여백에서 시작한다

이 방에는 이미 많은 글자들이 있으므로
글자 그대로
존재하는 것이 거의 없으므로
규칙은 견고하고
불규칙은 물결치므로
그 틈을 비집고
새삼스러운 문장이 튀어나올 때

이 방이 조금 아름다워진다
이 방이 조금 이채로워진다
이 방이 이방異邦에 가까워진다
비로소

글자가
그림자가
글자의 그림자가
자기만의 색깔을 갖게 된다

제 몸을 엿가락처럼 늘였다가
수줍을 땐 맨홀 속으로 생략되기도 한다
그 위를
점점이 수놓으며 미끄러지는 구두

너는 발자국 간격을 뚫어져라 쳐다본다
매의 눈으로,
너는 규칙을 따른다

너는 발자국이 없는 맨땅바닥을 바라본다
돌고래의 지느러미로,
너는 불규칙을 아우른다

너는 여럿이다

따지기 좋아하는 너
잘 따르다가도
틈만 나면 어기려 애쓰는 너
수틀리면 여지없이 부수었다가

새로 만들기를 주저 않는 너
여백에 주저앉아 예외가 되는 너

준법자의 몸과
무법자의 마음으로

글자 그대로
어떤 방에 들어간다
철저하다 새삼스럽다

여백으로 꽉 차 있다

지면

지면은 요철이 심하다. 펜촉이 잘 미끄러지지 않는다. 신발 끝이 점점 뾰족해진다. 침이 목구멍으로 넘어간다. 넘어지면 처음부터 다시 걸어야 한다. 길어지면 걷는 사람이 피곤하다. 피고용인은 피곤하다. 멈춰 서서 네가 남긴 궤적을 바라본다. 그림자를 뭉쳐 온점을 찍는다. 탄식하듯 주저앉는다.

다음 목적지로 가려면 건너뛰어야 한다. 여기와 저기는 사이가 좋지 않다. 그러니 그러나를 불러들이자. 그러나를 앞세워 들입다 내빼야 한다. 뒤도 돌아보지 않고 걸어야 한다. 너는 지면을 채워야 한다는 강박에 사로잡혀 있다. 신발 뒤축이 닳는다. 왼쪽 발이 오른쪽 발을 쫓는다. 너는 너를 따라나서는 사람. 순순히 미행당하는 사람.

너와 지면은 호흡이 잘 맞지 않는다. 네 발은 네 생각의 기발함을 못 따라간다. 네 생각은 네 발의 묵묵함을 참을 수 없다. 너는 지친다. 푹 꺼진 스프링처럼 본분을 잊는다. 이도 저도 아닌 상태로, 너는 그가 되어야 한다. 너는 3인칭이다. 지면을 고르듯 반점을 찍는다. 이마에 맺힌 땀을 훔친다. 자발적으로 낯설어진다.

지면은 끝이 보이지 않는다. 그 사실이 그를 걷게 한다. 그의 시작은 매 걸음 갱신된다. 한 말과 할 말 사이에 하는 말이 있듯, 그는 언제나 도중이다. 마음이 급할 땐 종종걸음으로 걷는다. 그는 포효하듯 침묵한다. 말줄임표가 찍히기 시작한다. 침이 고여 군침이 된다. 다음에 나올 말은 온전히 그의 것이다.

지면이 단단해졌다. 너는 이만큼 왔다. 신발은 너의 것에 한 발짝 더 가까워졌다. 다음 지면이 할애될 때까지 너는 커서처럼 껌벅이기로 한다. 마르지 않는 펜촉처럼, 너는 땀 흘린다. 지면 위에 선 자는 이미 선 채로 피곤하다. 그러나 그는,

이상한 접속어

더구나 컵을 또 깨뜨렸구나. 그러니까 용돈 줘. 하지만 내가 엄마잖아. 더더구나 내가 아들이잖아. 그래도 배고프잖아. 아울러 나도 커서 엄마가 될 거야. 게다가 아들은 부자잖아. 왜냐하면 이 컵은 유리로 만들어졌으니까. 그래도 컵 혹은 컵을 깨뜨렸구나. 그런데 이유를 말해줄게. 첫째, 내가 둘째잖아. 따라서 어색하잖아. 예컨대 엄마니까. 한편 아들이니까. 모자 또는 모자니까. 가령 모자라니까. 게다가 사랑하잖아. 그래서 컵을 또 깨뜨렸어. 그뿐 아니라 내가 아들이잖아. 그렇더라도 나는 엄마잖아. 전자는 컵으로 이루어져 있잖아. 후자는 전자로 이루어져 있잖아. 즉, 아들이잖아! 그런데 모자잖아! 하기야 엄마는 몹시 배고팠으니까. 다음으로 내가 네 엄마잖아. 그러나 너를 사랑한다. 다만 너는 아들 및 아들이니까. 그러므로 배가 고프다. 또한 컵을 깨뜨렸으니까. 요컨대 컵이니까. 한데, 조각들이 한데 모일 수 있을까. 더더군다나 모자니까. 그리하여 군더더기니까. 만약 아들이라면. 아무튼 배가 고프고 용돈이 필요해. 결국 핏줄은 어색한 것이로구나. 차라리 사랑할뿐더러 배고픈 것이로구나. 반면 이심전심이 이루어졌구나. 말하자면, 말하지 말라는 거야. 예를 들면, 컵이나 깨뜨리라는 거야. 특히, 지금 이 순간 대놓고 배고프라는 거야. 그렇다면 내가 아들을 하겠어. 그리고 용돈을 받았다. 하지만 행복했다. 이를테면,

이장욱

음악에게 요구할 수 있나? 외

1968년 서울 출생.
1994년 『현대문학』 등단.
시집 『내 잠 속의 모래산』 『정오의 희망곡』 『생년월일』.

음악에게 요구할 수 있나?

그런가. 당신에겐 매일 먼 곳과 가까운 곳이 생기고
나는 자꾸 일치하는 밤.
그것을 음악에게 요구할 수 있나?
신축건물 옥상의 다른 연주법,
반음계가 어긋난 교차로,
죽은 사람의 귀에서 태어나는 수천 개의 옥타브.

밤들은 언제나 하나씩의 방을 만들었네.
누가 그 방에서 하루를 갈아입은 뒤
음악이 되어 나왔다.
그는 명령을 모르고
그는 작은 동물들의 직감을 닮았고
그는 부인하는 맥박을 지녔지만

지금은 옥상을 제외한 모든 것.
조금 더 불가능한 바로 그것.
그것을 음악에게 요구할 수 있나?
살인자가 음악을 사랑하고
대통령이 음악을 사랑하고

누가 죽어간다는 것.

리드미컬하게 다가오는 건 언제나
가까운 곳과 먼 곳이 바뀐다는 뜻.
이제 가능해진다.
자정의 옥상에 서서
빗방울들을 하나하나
세어보는 방식으로.
도미솔이라든가 솔시레 같은 것으로만 존재하는
이 무서운 세계로부터.

2012년의 중력과 그것을 증명하는
열 개의 문장

죽은 사람과 돈을 세는 사람이 한 아파트에 살았다.

빗방울들의 진심을 이해한 노인이 고개를 들었다.

개들이 먼저 고개를 떨어뜨렸다.

외로운 여자와 아주 단순해진 남자가 동시에 그것을 깨달았다.

경비원과 드디어 결심한 사람이 동일인이 아니다.

15미터 상공의 침대가 무서운 속도로 떠오르기 시작했다.

식물들이 격렬해졌다.

지표면에 조금 더 가까워지는 사람이 있다.

죽은 사람이 초인종을 거칠게 누른다.

그때 당신은 의심의 대상이었다.

개폐

오후 두 시의 그림자를 달고 네게 도착하였다.
지갑을 열고 지금 이곳의 태양을 쏟아냈다.
손바닥을 닫은 뒤에
죽은 이의 사진 속으로 들어갔다.
중국어를 들었다.

잠을 잠그고
베이징을 열고
낯선 이름을 대며 인사를 했다.
니 하오,
날개가 돋는 중국의 새들을 바라보면서.

나는 가능하다는 표정을 지었다.
너에게 폐쇄된 너의 뒷모습을 사랑하였다.
거울 속에서도
공사현장에서도
그것을 열기 위해 애쓰는 사람들을.

혼자 물끄러미 손을 넣어보는 시간이 있다.

수긍할 수 없을 때가 있다.
누군가 중국어로 안타깝다 안타깝다,
라고 말한 뒤에
캄캄하게
나를 쾅,
닫아버렸다.

중국의 새들이 날아오르는 하늘과
손바닥으로 만든 차양과
가난한 햇살 아래
그림자를 열고 들어갔다.
새들이 나를 닫을 때까지
살아 있었다.
새들의 그림자를 정성스럽게
하나하나 열었다.

야간근무자

문이 열리자 당신이 들어오고
난데없이 두터운 외투를 입고 먼 북극으로부터
난데없이 여자가 되어서
난데없이 인간이 아닌
식물이 아닌
뜨거운 물건이 되어서
당신이 들어오고

끓는 주전자의 세계
증발하는
오늘 아침의 불안
천천히 어둠을 닮아서
사람이 없던 시절에 가까워지는

야간근무자는 더 이상 참을 수 없어졌다.
출입하는 모든 것들을 의심한 뒤에
방명록의 기록을 정정했다.
식물들의 무서운 밤을
상근직원들의 춘하추동을

사후의 외로움을

야간근무자는 세상의 공공장소들을 이해하게 되었다고
이제 모든 악습들을 사랑하게 되었다고
여자의 목소리로
불타는 손길로
전화를 걸었다.
사랑하는 가족들에게
이미 퇴근한 직원들에게
잠든 관료들에게
더 이상 망설일 것이 없는
임종의 얼굴로

정복되지 않는 세계

개들의 달리기가 개를 완성하겠습니까.
나무의 흔들림이
나무를 확인하겠습니까.
흉기 같은 황혼 속에서,

우리의 세계사가 점점 불안합니다.
총부리를 잠속에 들이댄들
잠에 수갑을 채운들
놀이가 놀이터를 정복하겠습니까.
애완견이 짖는 일을 정복하겠습니까.

목적지가 행인들로 조금씩 흘러넘칩니다.
내 사랑도 개처럼 혀를 내밉니다.
한 줄기의 긴 침이 나로부터
그의 독립을 증명합니다.

정복자들이 거리를 뒤덮은들
태양이 그늘에서 태어날 수 있겠습니까.
목줄을 잡은 주인이 내내

개의 허기에서 자유롭겠습니까.
넘치는 허공에
쇠사슬을 건 사람처럼,

벤치의 늙은 사람이 이윽고 눈을 감습니다.
흉기 같은 황혼 속에서
아이의 잠이 태어납니다.
결코 정복되지 않는
단 하나의 표정입니다.

손톱 바다

손톱이 끝까지 자라는 세계를
나의 가장 먼 곳에서 기다렸다.
규칙적인 생활과 함께.
캄캄한 하수도라든가 또
먼 바다에서.

나는 자주 신념을 잃어버렸다.
열 개의 사례들 가운데 꼭
모자라는 것이 있었다.
말하자면 다 가리킬 수 없는 것이
이 세계라는 듯이.

나는 손톱을 기르고 또
길렀다.
나를 중지하고
적이 완성될 때까지

너무 환한 곳에서 드디어
툭,

까마득한 어둠을 향해 떨어지는 것이 그의 운명.
할퀴고 싶은,
핥고 싶은,

그가 막 외로운 밤바다에 도착하였다.
잘 손질된 생선과
음료수의 가까운 곳에.
그곳에서 태어나 영원히 출렁이는
검은 수평선으로서.

밤의 부족한 것

오늘의 그림자가 닮는 것이
어제의 그림자가 아니다.
나와 가로수와 시계탑의 분포가
동일해지는 것이다.
중력을 증명하기 위해 휘청,
중심을 잃지 않고도
살의를 품지 않고도

그것은 주민등록증이라든가
걸린 외투 같은 것.
나로부터 길게 드리워지는 것.
의심스러운 얼굴
또는 손을 떨어뜨릴 수 있는 어둠을 가진.

하지만 칼을 모로 세운 듯
사라져버리는 순간도 있다.
그것이 나를 파고드는 순간,
나는 심장 근처에서 나를 꺼내
골목 끝을 향해 던진다.

오늘의 그림자가 닮는 것은
일종의 모든 것.
바로 그것.
당신의 생각 속에서 내가 완전히 지워지자
밤의 우주에는 무언가가 모자란다.
나라고는 할 수 없는
무언가가.

하재연

아는 것들 외

1975년 서울 출생.
2002년 『문학과 사회』 등단.
시집 『라디오 데이즈』 『세계의 모든 해변처럼』.

아는 것들

한 장의 봉투엔
한 명의 수신자가 있다는 사실을
알고 있다
얇은 공기의 이편에서 내 호흡이
멈춘 순간
더 얇은 공기 너머 네가 달리기
시작했다는 것을 알게 된다
백만 분의 일 초만큼 빛이 깜빡일 때
수천만 개의 메시지들이 공중에서 오고 가다가
하나도 하나와 부딪치지 않고
고속으로 전달된다는 것을
알고 있다
하늘에서 균형을 잡기 위해
흰 배를 내보이는 어린 새의 깃털 한 개
그것이 떨어지는 순간을
누구도 기억하지 못한다는 것에 대해
알고 있다
너는 너의 얼굴을 갖기 위해
아주 수많은 표정을 버렸다는 것

오늘 내린 눈송이가
이곳이 아니라 그곳만을 차갑게 했다는 것을
알고 있다

단지 한 장면들

육체를 찢어서 소유할 수는 없다
당신은 당신을 이루고 있는 수많은 특성들 중 이제
단 한 가지를 이해하려는 경향

아마추어처럼 인생은 처음부터
오 초 후가 끝이라는 걸 누워서 깨닫는
삼십 년을 링 위에서 늙은 복서에게도
전 생애는 아마추어처럼

우리를 둘러싼 사각들은
집요하게 귀퉁이를 만들어내고
나와 당신은 귀퉁이와 귀퉁이들에서
부딪치고는 한다 그대로
잠시 멈추었다가 각자 서로의
귀퉁이를 돌면서

잠이 없다면 우리의 하루에
낮이 가도 밤이 오지 않고
나의 구멍들에 스미는 죽음을 조금씩

일찍 경험하지 않았더라면
사각의 바깥으로 나는 밀려 나와 있을 것이다

백야를 사는 사람들
유령같이
어디선가 흘러나온 부딪치는 이빨 소리
깊은 물 밑의 차가운 소리가 결국
나에게서 나는 소리라는 것을
깨달으면서

잊을 수 없는 한 장면들로
이루어진 것뿐이다
살아 있다는 것
아직 잠들지 않았다는 것은

하나의 사람

우주에 찍힌 한 개의 점처럼
꼬부리고 잠이 든
한 아이의 얼굴

그 점을 들어낸 자리에는
아주 작은 구멍이 생기게 될 것이다

사월에도
오월에도
눈은 내리고
내리는 눈의 무게는 무겁고

세계라는 빙하 위에는
메울 수 없는 아주 작은 구멍들이
느린 속도로 하나씩
늘어가게 된다

크게 벌린
입속

시커먼 목구멍을
하나 가지고

희고 차가운 빙하의 껍질 위에
대고 있는
나의 빨간
두 개의 발바닥

묽은 피

공기를 조금 더
들이마셨을 뿐인데
이곳은 마치 백인백색의 나라

내게서 떠오른 생각들이 머리 위를 맴돌다가
흩어져버렸다
하나의 점으로 사라져 간 풍선을 바라보는
아이의 검은 동공

오므라들었다가
펴지는
매우 작은 구멍들

또는 손등에 남은
링거 바늘 자국

열렬하고
조금 무모하게
여기서 저기로 달려가는

수액들처럼

찬물이 한 컵
내 속에 들어온 듯

당신을 만나고 나서
나는 약간
더 식고
묽어지는 중이다

메트로놈 프로그램

작고 까만 사람들의 세계에서 돌아오고
맞는 첫 번째 어둠입니다
순응할 수 있는 시간이란 어떤 것입니까
빼앗긴 것들이 보석처럼 늘어 놓인 가판대 앞에서
황홀한 눈동자를 빛내며 손가락을 빨고 있는
북극의 어린아이처럼 바닷가에서
끝없이 돌아가곤 하는 파도의 움직임을 바라보면서
울음을 터뜨릴까 말까를 망설이면서

당신의 어둠은 늘 양손을 모두 사용합니다
오른손으로 한 번
왼손으로 한 번
사랑을 표현하고 있는데
한 손에서 흘러나온 사랑이
다른 손에서 흘러나온 사랑과 한 번도
같은 부드러움을 낳는 것을 보지 못하였습니다

나의 꿈들은 날마다 튜닝을 마치고
조금씩 다른 소리를 내기 시작하였지만

간격과 간격 사이로 흘러드는
색깔 같은 것들이 있습니다
하나의 어둠보다 더 쓰고 진한 어둠
어둠의 두께로도 다 드리울 수 없는 어둠의
내부들

나의 모호함으로
당신의 손을 더럽히지 않기를
아름답고 누추한 시간의 박자가
당신과 나의 정면에서 빗나가기를

폴라리스

혀끝에 남은 말들이 하나씩 공중에 올라
검은 구멍들을 형성한다
이것은
낯익지 않은 어둠

나의 귀가
나의 것이기만 했다면
더 아름다운 얼굴을 가질 수 있었을 것이라고 생각한다
폭죽처럼 떠올랐다 사라지는

어떤 생들이 겪는
추위의 이상함
서울, 베이징, 나하, 밤거리의 불빛들,
복수複數로만 환기되는 삶들,
보도블록 아래로 흘러가 바깥에 이르는 도시의 이물질들

우리 자신의 밝기를 스스로 증명할 수 없는
우리는 그것을 증가시킬 수도 없다

우리는 우리를 되비추는 종족으로서
잊은 생이 되살아나기를 꿈꾸었으나
하늘에는
0개의 시간 속에 튕겨져 나온 그림자들

지구에 뚫린 하나의 구멍 위에
두 다리만 기대고 서서
다음 목적지를 잊고서
다만 빛나고 있음을 알 뿐인

또 다른 해

내게 주어진 식물에게서
너의 계절의 냄새가 나기도 하였다
나는 내가 가진 흙의 구멍을 파는 법을 상상한다

지구가 아닌 행성에서
살아가는 아주 많이 다른
생물의 생김새를 눈 뜨고 그리는 법과도 같이

하나의 말이 끝나면
또 하나의 말이 뒤따르지만
어떤 말로도 대신할 수 없는 말

한 가지를 생각해내기 위해
이곳에서 너무 오래 살아왔다

내가 잠을 자고 다시 깨는 동안
나의 잠에 동참하지 않은
모든 생명체들이
느리고 격렬하게 움직이고 있다

내가 본 적 없는
표정을 오늘 아침에 고안해낸 너의 얼굴

빛의 차양을 간직하고 있다가
내 눈을 멀게 하는
단 하나의 장면 또는
틈 사이로 솟아오른 시간

다시는 살아보지 않게 될
또 다른 해와 같이
너의 얼굴이 내 뒤로 사라지고 있었다

황병승

신scene과 함께 여기까지 왔다 외

1970년 서울 출생.
2003년 『파라21』 등단.
시집 『여장남자 시코쿠』 『트랙과 들판의 별』.
〈박인환문학상〉 수상.

신scene과 함께 여기까지 왔다

옆구리를 채울 온기도 없이 서로의 표범이 엇갈린다

마음의 굶주림 속에서, 마음의 넘침 속에서

서로의 실타래 끝에 매달린 쌍둥이처럼, 살인마처럼

나는 산으로 들로 언덕으로 뛰어다니며
양과 염소들을 흩트려놓았네
나의 위대한 신이 그렇게 명령했고
나는 그것을 따랐을 뿐
그러나 이튿날이 되자
그 알량한 신도 나도
양털을 덮을 수 없어서 추위에 떨어야 했고
염소젖으로 만든 치즈를 먹지 못해서
뱃가죽이 등에 달라붙을 지경이 되었다네

병들어 풀 죽은 작은 짐승처럼

태어나서 살며 꿈꾸고 노래하고 신음하다 늙어 죽는다는 사실

이 아름다운가

　　누이들의 끝없는 다툼 속에서 가난하고 불길한 남자가 되었다

　　진창에서 태어나 진창으로 사라지는 날까지

　　무덤 앞을 지날 땐 나뭇가지로 무덤을 들쑤시고
　　비석에 침을 뱉고 그 위에 올라타

　　내가 죽었다는 사실을 아무도 모르게
　　내가 살아 있다는 사실을 아무도 모르게

　　가정과 생활 밤 동료들 그리고 수많은 장소들로부터
　　나는 다만 껍데기에 불과했다고……
　　나는 누군가의 목소리를 빌려 말했다
　　이마 위에 새똥이 떨어지듯
　　탁자 위의 유리컵을 잠결에 걷어차듯
　　어느 날 목소리의 주인이 나를 찾았을 때
　　가정과 생활 밤 동료들과 수많은 장소들 앞에

그 모습을 드러냈을 때
내가 비로소 그곳에 있다고 확신하였을 때
가정과 생활 밤 동료들 그리고 수많은 장소들로부터의 목소리는
'그가 이곳에서 완전히 사라졌다' 였다

나는 누구인가, 나는 사적이지 않다, 라는 사실만이
나에게 스승이고 부모라는 사적인 사실로부터

나는 한때 식품점의 계산원이었고
카센터의 심부름꾼이었으며
접착제를 마시다 쫓겨난 구두공장의 어린 공원이었다
한 번도, 내 책상이란 걸 가져본 적 없고
(누군가의 책상 위에는 항상 수북한 전표와 기름통
가죽 더미와 한 타래의 멍청해 보이는 구두끈이 놓여 있었지)
글을 쓰며 살겠다는 생각을 해본 적도 없으며
다만 그날그날의 일기처럼
떠오르는 제목 비슷한 것들을 달력에 잡지에 옮겨 적는 일이
나의 유일한 낙이었을 뿐

악보대로
열렬히 드넓은
자유자재의 밤
부인용 장난감
의기양양한 시체
화원의 겹보들
말벌식 표기
볼테르식 안락의자에서
도둑맞은 남색일지
답답한 두 마음
차가워진 옛 동급생
……

사람들의 얼굴과 목소리 말투와 걸음걸이를 관찰할 때마다
머릿속에서 떠올리고 굴려보는 나의 구슬들
이 구슬들로 뭘 할 수 있을까
내가 늙고 병들어 죽어갈 때
이 구슬들이 나에게 어떤 빛과 색을 보여줄까
그런 생각을 하며 마시는

식어빠진 커피 맛을 나는 좋아했다

활기찬 인생도 있겠지, 아이스하키 선수들처럼
뜨거운 입김을 뿜으며
퍽을 향해 돌진하는 집념의 스틱들
아아아아아아아……
격정과 분노 속에서 감동의 팀워크를 보여줄 수도 있을 것이다

우리는 스티브의 부러진 앞 이빨을 찾기 위해
두 시간 반 동안 일사불란하게 움직이며
단 한 명의 선수도 경기장을 떠나지 않았습니다

동상이 싫어서 나는 광장에 가지를 않았다
수채를 보면 누이들의 뱀 구멍이 떠올랐고
뱀이 무서워 작은 공으로 구멍을 틀어막는
스포츠에 대해 생각하기도 했다
구부러진 쇠작대기를 들고 다니며
단체로 짓밟는 잔디에 대해서도 생각했고
공장에서 처음 만난 여자에게 군밤을 사다 주기 위해

밤거리를 초조하게 헤매는 나 자신에 대해 생각하기도 했으며
보고 싶다
죽고 싶다
어서 보고 싶다
어서 죽고 싶다, 중얼거릴 때마다
접시 위의 푸딩이 떨리듯
저려오는 불알에 대해 생각하기도 했다

'바다가 모두 마르면 해가 일찍 뜰 텐데……'

나는 초에 불을 붙이고 기도라는 것도 해보았네
나라는 작은 신을 향해
나라는 거대한 신을 향해
기도하고 파기하고 기도하고 파기하며
나의 유일한 순수가 불탈 지경이네
나의 신은 나의 잿더미를 사랑하지
신이 나를 삼켰듯, 배고파…… 하지만
신은 위대할수록 처참한 맛이 나지
잿더미를 무슨 수로 삼킨단 말인가

서로의 실타래 끝에 매달린 쌍둥이처럼, 살인마처럼

마음의 굶주림 속에서, 마음의 넘침 속에서

살며 꿈꾸고 노래하고 끌어안고 신음하다 늙어 죽는다는 사실
이 아름다운가

진창에서 태어나 진창으로 사라지는 날까지

내가 좋아한 건 누이들의 이 가는 소리
내가 사랑한 건 누이들의 이 가는 소리

모터와 사이클

우리는 노래했네
콜레라에 걸린 돼지들처럼
이리 뛰고 저리 뛰며
피와 똥과 내장을
한꺼번에 쏟아낼 각오로

우리는 밤새워 마셨네
토하고 주저앉고 울고 소리치며
불행이 이 도시에 눌러앉았기 때문에
불행이 우리를 계속해서 짓누르기 때문에
우리는 어쩔 수 없다고 생각했네
이 도시의 유령들이 다름 아닌
우리 자신이라는 사실에 대해서도
이곳을 벗어날 수 없다는 두려움이
우리를 지구상에서 가장 못나고 어리석고
형편없는 인간으로 만든다는 사실에 대해서도
우리는 어쩔 수 없다고 생각했네

어쩔 수 없는 많은 밤들이 지나고

우리는 아무런 가책도 없이
중년의 배불뚝이가 되어
분칠한 어린 계집애들의 손이 둥근 배를 찌르면
머리를 긁적이며 웃고 서 있지

'똥마려운가보다'

똥 마려운 시간들이 흐르고 흘러
우리는 어느덧 백발의 소년들
아무런 가책도 없이 관 속에 누워
열두 가지 속마음으로 입장을 표명하려 하지만
머리는 안개 속에 있고 입술은 얼어붙어
(그저 내키는 대로 살아왔을 뿐……) 관 뚜껑에 못이 박힐 때!
우리는 칠흑 같은 어둠 속에서
놀란 두 눈을 두리번, 두리번거렸지

'두꺼비집을못찾나보다'

당나귀와 아내

저녁에는 젊은 시절부터 줄곧 함께 지내온 늙은 당나귀 한 마리를 때려죽였다네 이유인즉슨, 그 망할 녀석이 사사건건 내게 시비를 걸어왔기 때문이지 내 몸은 아직 청년처럼 힘이 넘쳐 십 리를 더 갈라치면, 녀석은 나를 노인네 취급하며 바닥에 주저앉아 꼼짝도 하지 않았고 내가 새로운 돈벌이를 생각해내면, 나를 세상물정 모르는 어린애 취급하며 콧방귀를 뀌지 않았겠나

나는 말일세 죽은 녀석의 몸을 보기 좋게 토막을 내어 부대자루에 옮겨 담았다네 미운 정이 깊어 가슴이 짠하기도 했지만 속은 더할 나위 없이 후련했다네 그날 밤 나는 술을 진탕 마신 뒤 모처럼 홀가분한 마음으로 잠이 들었고, 꿈에서 친구들과 함께 소풍을 가서 먹고 마시고 떠들며 즐거운 시간을 보냈다네 그리고 이튿날 잠에서 깨어 죽은 당나귀의 토막이 들어 있는 부대자루를 보니 조금은 미안한 마음이 들기도 하더군, 죄책감 같은 건 없었고

나는 그동안 미뤄두었던 밭일을 하고 창고를 정리하고 젊은 시절 곁눈질로 배웠던 붓글씨도 쓰며 한가로운 시간을 보냈다네 그리고 잠자리에 들기 전, 나는 왠지 모르게 따듯한 피 냄새가 그리워 부대자루를 이부자리 곁에 두고 잠을 청하지 않았겠나 그런데 피 냄새는 나지 않고 어디선가 잠을 청하기 좋은 방울 소리가 조용히 들려왔다네

그날 밤 꿈속에서 나는 거나하게 취해 친구들과 소풍에서 돌아오는 길이었지 마을이 가까웠을 즈음, 언덕 위에 웬 당나귀 한 마리가 주인도 없이 홀로 서 있질 않겠나 그때 곁에 있던 친구가 웃으며 말했네

"이보게 친구, 자네의 당나귀가 마중을 나왔군 그래"

친구의 말을 듣고 자세히 올려다보니 내가 기르던 당나귀가 틀림없었고, 나는 화들짝 놀라지 않을 수 없었네 죽은 녀석이 그곳에 멀쩡히 서 있으니 말일세

곁에 있던 또 다른 친구가 거들었다네

"그래도 자네는 복이 많은 사람일세, 안아주고 싶거든 어서 가서 안아주게나"

나는 꿈속에서 이 모든 게 꿈이라는 사실을 이내 알아차렸지만, 언덕 위로 성큼 달려가 당나귀를 안아주고 싶은 마음이 간절했다네 오랜 세월, 어디를 가든 무슨 일을 하든 언제나 함께였던 그 녀석에게 처음으로 심한 죄책감을 느꼈던 걸세

나는 복잡한 심경으로 꿈에서 깨어났고 마음을 진정시키기 위해 한동안 잠자리에 누워 있어야 했네 그런데 잠들기 전에 들려왔던 방울 소리가 여전히 들려와 고개를 들어보니, 죽은 당나귀가 글쎄 머리맡에 앉아 서러운 듯 눈물을 떨구고 있는 것이 아닌

가 나는 반가운 마음에 녀석을 불러보려 했으나 입술이 떨어지지 않았다네 녀석의 등을 쓸어주고 싶었지만 두 팔은 꼼짝도 하지 않았지

　나는 내가 죽었다는 사실을 깨닫기 위해 이승에서의 마지막 꿈에서 깨어나야 했네 흰 수염의 장의사가 방으로 들어와 내 목에 감긴 밧줄을 풀었네 방 한편에는 검은 부대자루가 하나 놓여 있었는데, 그 속엔 당나귀 대신 늙은 아내의 토막 난 시체가 담겨 있었다네 마당에선 마을 사람들의 웅성거리는 소리가 들려왔고, 여전히 나지막한 방울 소리가 어디선가 들려왔는데, 그 소리는 참으로 다정해서 깊은 잠을 청하기에 더없이 좋은 소리였다네

부식철판腐蝕凸版

"나는 프랑스에서 왔습니다
프랑스 안에서 왔어요
닭장에 거미들이 진을 치고 있는 것처럼
프랑스의 말과 풍습을 모르는 것은 상관없겠지요
프랑스의 춤과 노래가 무슨 상관입니까
무덤가의 나귀가 놋쇠방울을 짤랑거리듯
나는 프랑스 사람으로부터 왔습니다"

해변을 따라 길게 늘어선 낡은 보트들
흙먼지를 날리며 술통을 가득 싣고 달리던 작은 트럭들 경적 소리
호스를 들고 방갈로의 묵은 때를 벗겨내던 소녀들과
담장 아래 노란 물감통을 들고 서 있던 검게 탄 얼굴의 소년들……

당신은 언제나 당신 자신에 대해 아는 척했다
당신의 믿음이 당신을 배신할 수 있고
그것을 알고 있었지만, 당신은 그것을 뛰어넘으려고 했다

쏟아지는 팔월의 태양 아래
당신의 모습을 바라보는 당신의 그림자

당신의 젖을 빠는 유령처럼, 젖 속에 파묻힌 젖꼭지처럼
누군가, 당신이, 당신을 무능한 사람으로 보이게 했다

왜일까

지붕 위에서 큰 소리로 웃으며 나무판자를 덧대던 남자들
이마의 땀을 훔치며 식사를 준비하던 불 앞의 여자들과
다정하게 인사를 건네던 낯익은 얼굴들
오늘은 정말로 굉장했어 땀을 얼마나 흘린 거지 다들 파김치가 되었군
그래!
즐겁게 소리치며 바다로 뛰어들던 남자들
구경하던 소녀들과 미소 짓던 금발의 여자들……

그 옛날의 당신은
난생처음 보는 해변을 지나고 있었고
커다란 물고기가 모래사장에 올라와
펄떡이는 것을 보았지
프랑스에서였다
당신은 모래밭으로 달려가

죽어가는 물고기를 바다에 던져 넣었고
당신은 꿈에서 깨어났지
한국에서였다

황소달리기 축제

칼에 찔린 황소는 울음 대신 콧김을 뿜었습니다 등과 목에는
휘청거리는 작살을 매달고 두 무릎을 꺾은 채 군중들의 함성 속
에서 숨을 골랐지요 부릅뜬 눈으로, 눈알을 이리저리 굴리며 광
장에 모인 사람들을 천천히 바라보았습니다

"……이봐 왜들 그래, 대체 뭐가 문제야, 내가 도울게, 나를 화
나게 한 것에 대해서는 잊어버리자고, 나는 참을 수 있어, 다 괜
찮다니까, 이 상황이 더 나빠지기 전에 말해봐, 내게 왜 그랬는
지, 왜 내 등에 칼을 꽂아야 했는지, 나와 맞서는 게 너희들의 용
기를 어떻게 증명할 수 있는지, 내가 칼에 찔려 쓰러지면 어째서
너희들이 열광할 수밖에 없는지, 나는 지금 화가 가라앉았어, 나
는 조금 침울한 상태고, 너희들을 더 이상 들이받을 수도, 짓밟을
수도 없어, 다만 나는 이 광장에 모인 너희들에게 묻고 싶어, 한
사람 한 사람의 얼굴을 마주 보며, 그러니 아무도 달아나지 마,
내가 완전히 쓰러질 때까지, 나를 통해서 나와 함께 너희들의 용
기를 증명해야지, 겁먹은 표정은 치워버리고 칼과 작살을 들었을
때의 단호한 표정으로, 이봐 나는 기억하고 있어, 우리가 서로를
향해 소리치며 달리고 쓰러지고 울부짖으며, 광장에서 도로에서
경기장에서 우리가 서로에게 얼마나 각별했는지, 서로를 얼마나

갈망했는지, 우리는 긴 시간 동안 서로에게 상처를 입혔어, 하지만 나는 이제 달리지 않을 거야, 이봐 더 이상의 달리기는 없어, 아무도 쓰러진 나를 열 번 스무 번 계속해서 찌를 수는 없겠지, 그건 너희들의 용기를 증명하는 행동이 아닐 테니까, 이리 와, 이리 와서 피가 흐르는 광장 바닥에 마주 앉아 서로의 용기를 보여주자, 나는 듣고 있어, 그러니 담장에서 내려와, 칼을 든 채로 가까이 와봐, 이제 축제는 끝났어, 달아나지 말고, 숨지도 말고, 서로의 눈을 마주 보며 마지막으로 우리의 용기를 보여주자……"

칼에 찔린 황소는 등과 목에 작살을 매단 채, 거친 숨을 몰아쉬며 가까스로 다시 일어섰지요

와아아아아아아아……

광장에 모인 사람들은 환호성을 지르며 달리기 시작했습니다

*

라이프 라이프, 사내가 중얼거리고 있을 때

탁, 소리와 함께 테이블 위에 술잔이 놓였다

털고 일어서는 게 보기 좋으니까요

바텐더가 천천히 술을 따랐다

위스키 더블!

그리고 새 잔이 왔다

애정을—그리고 동시에—또 그 가운데

　방갈로에서 식사를 마친 뒤 트레이를 문밖에 내다놓으면, 새끼 고양이가 와서 까끌까끌한 혀로 몇 번 맛을 본 뒤에 남은 음식을 깨끗이 먹어치우곤 했다 어떤 날은 창틀에 턱을 괴고 앉아 새끼 고양이가 나타나기만을 기다렸고 또 어떤 날은 그 지저분하고 뻔뻔한 녀석이 방갈로 근처에 얼씬도 하지 않았으면, 하는 마음으로 아예 내다보지도 않았다 그러나 새끼 고양이는 매일 아침 음식을 먹기 위해 방갈로의 계단을 뛰어올라왔고 남김없이 접시를 비운 뒤에 사라지고는 했다

　당신이나 나나 어미 없는 새끼 고양이에 불과한 시절이 있었고, 우연한 기회에 낯선 이들로부터 혹은 먼 친척으로부터 애정과 미움을 한 몸에 받은 적이 있다면…… 나는 지금 방갈로에 누워 그 시간들을 떠올리고 있다, 행복하다 행복해 행복한 새끼 고양이처럼 울며 그 〈인정 많은 자들〉의 품속에 몸뚱이를 완전히 내맡긴 작은 짐승처럼, 그들의 속내는 그들의 속내일 뿐, 기분 좋은 잠에서 깨어날 때마다 겨드랑이를 부드럽게 핥는 이기적인 핏덩이처럼

*

"우리는 지금 함께 있지만, 우리의 영혼은 이곳에 없어요"
"왜, 우리의 영혼이 있는 곳으로 가고 싶니?"
"아니요, 우린 오늘 밤 영혼과 떨어져 있을 거예요"
"쓸쓸하지 않겠어?"
"곧 만나게 될 텐데요 뭐"

여자애가 말했다

"봐요 아저씨…… 오리배라는 게 있어요 페달을 밟아 강물 위를 떠다니며 시간을 보낼 수 있고 아저씨가 원한다면 얼마든지 다른 용도로도 사용할 수 있겠지요 추운 날에는 토막을 내서 땔감으로 쓸 수도 있고 천막을 씌워 그 안에서 짧은 잠을 청할 수도 있으며 또 그곳에서 조용조용 대화라는 것도 나눌 수 있겠지요 여차하면 다툴 수도 있겠고 주먹으로 얼굴을 갈기거나 서로의 가슴을 회칼 같은 걸로 찌를 수도 있고 강 저편으로 시체를 띄워 보낼 수도 있겠지요 아저씨가 상상하는 대로 선착장에 묶인 한겨울의 오리배는 아저씨에게 만족을 줄 거예요"

여자애가 귀에 대고 말했다, 티셔츠 속에 차가운 손을 집어넣
으며

"아저씨, 남자라는 동물이 있어요 페달을 밟아 강물 위를 천천
히 떠다니며 시간을 보낼 수도 있고, 언제든 제가 원한다면 얼마
든지 다른 용도로도 사용할 수 있겠지요

하지만 아껴주자!, 이게 저의 생각이에요"

여자애가 까르르르 웃었다

'왜, 아름답고 가난한 여자애들이 있는 걸까'

*

야아옹 야아아옹……

커튼 뒤에서

첫사랑, 그것은 히스테릭한 도형인데

첫사랑, 그것은 회전이 필요한 버젓함인데

그것은, 그것을 아무도 연주하지 못했다

너무 많은 자들이 상처 입었고
너무 많은 자들이 떠나갔으며
너무 많은 자들이 불편한 찬 바닥에서 잤다

첫사랑, 예의범절이라고는 없는 사람들처럼

서로를 너무 빨리 이해하고
서로를 너무 빨리 용서하고
너무 빨리 하모니를 꿈꾸며

뜨거운 돌을 손에 쥔 기분으로
차가운 돌을 손에 쥔 기분으로

우리를 위한 모든 것들을 우리가 망쳤고
우리를 필요로 하는 모든 것들을 우리가 망쳤다

뜨거운 돌을 집어삼키는 심정으로
차가운 돌을 집어삼키는 심정으로

첫사랑,

석탄을 베고 검은 잠에 빠져들 때까지

허수경

베낀 외

1964년 경남 진주 출생. 1987년 『실천문학』 등단.
시집 『슬픔만한 거름이 어디 있으랴』 『혼자 가는 먼 집』 『내 영혼은 오래되었으나』
『청동의 시간 감자의 시간』 『빌어먹을, 차가운 심장』 등.
〈동서문학상〉 수상.

베낀

구름을 베낀 달
달을 베낀 과일
과일을 베낀 아릿한 태양
태양을 베껴 뜨겁게 저물어가던 저녁의 여린 날개
그 날개를 베끼며 날아가던 새들
어제의 옥수수는 오늘의 옥수수를 베꼈다
초록은 그늘을 베껴 어두운 붉음 속으로 들어갔다
내일의 호박은 작년, 호박잎을 따던 사람의 손을 베꼈다
별은 별을 베끼고
별에 대한 이미지는 나의 어린 시절을 베꼈다
어제는 헤어지는 역에서 한없이 흔들던 그의 손이
영원한 이별을 베꼈고
오늘 아침 국 속에서 붉은 혁명의 역사는
인간을 베끼면서 초라해졌다
눈동자를 베낀 깊은 물
물에 든 고요를 베낀 밤하늘
밤하늘을 베낀
박쥐는 가을의 잠에 들어와 꿈을 베꼈고
꿈은 빛을 베껴서 가을 장미의 말들을 가두어두었다

그 안에 서서 너를 자꾸 베끼던 사랑은 누구인가
그 안에 서서 나를 자꾸 베끼는 불가능은 누구인가

동백여관

눈이 왔다

울음 귀신이
동백처럼 붉은 전화를
길게 걸어왔다

절ㅕ은 눈처럼 흩날렸고
산은 눈처럼 걸어갔고
당신이 잠든 방은

눈처럼 떠나갔다

돌이킬 수 없었다

언젠가
돌이킬 수 없는 일이 있었다
치욕스럽다, 할 것까지는 아니었으나
쉽게 잊혀질 일도 아니었다

흐느끼면서
혼자 떠나버린 나의 가방은
돌아오지 않았다

비가 오는 것도 아니었는데
머리칼은 젖어서
감기가 든 영혼은 자주 콜록거렸다

누런 아기를 손마디에 달고 흔들거리던 은행나무가 물었다. 나,
때문인가요?
첼로의 아픈 손가락을 쓸어주던 바람이 물었다, 나, 때문인가
요?
무대 뒤편에서 조용히 의상을 갈아입던 중년 가수가 물었다, 나
때문인가요?

누구 때문도 아니었다
말 못할 일이었으므로
고개를 흔들며 그들을 보냈다

시간이 날 때마다 터미널로 나가
돌아오지 않는 가방을 기다렸다

술 냄새가 나는 오래된 날씨를 누군가
매일매일 택배로 보내왔다

마침내 터미널에서
불가능과 비슷한 온도를 가진
우동 국물을 넘겼다

가방은 영원히 돌아오지 않을 거라는
예감 때문이었다
그 예감은 참, 무참히 돌이킬 수 없었다

빙하기의 역

오랜 시간이 지났다 그리고 우리는 만났다
얼어붙은 채
누구도 기억하지 않는 역에서

내 속의 할머니가 물었다, 어디에 있었어?
내 속의 아주머니가 물었다, 무심하게 살지 그랬니?
내 속의 아가씨가 물었다, 연애를 세기말처럼 하기도 했어?
내 속의 계집애가 물었다, 파꽃처럼 아린 나비를 보러 시베리
아로 간 적도 있었니?
내 속의 고아가 물었다, 어디 슬펐어?

그는 답했다 노래하던 것들이 떠났어
그것들, 철새였거든 그 노래가 철새였거든
그러자 심장이 아팠어 한밤중에 쓰러졌고
하하하, 붉은 십자가를 가진 차 한 대가 왔어

소년처럼 갈 곳이 없어서
병원 뜰 앞에 앉아 낡은 뼈를 핥던
개의 고요한 눈을 바라보았어

간호사는 천진하게 말했지

병원이 있던 자리에는 죽은 사람보다 죽어가는 사람의 손을 붙들고 있었던 손들이 더 많대요 뼈만 남은 손을 감싸며 흐느끼던 손요

왜 나는 너에게 그 사이에 아무 기별을 넣지 못했을까?

인간이란 언제나 기별의 기척일 뿐이라서
누구에게든
누구를 위해서든

하지만
무언가, 언젠가, 있던 자리라는 건, 정말 고요한 연 같구나 중얼거리는 말을 다 들어주니

빙하기의 역에서
무언가, 언젠가, 있었던 자리의 얼음 위에서
우리는 오래 즐거운 시간을 보냈다, 아이처럼
아이의 시간 속에서만 살고 싶은 것처럼 어린 낙과처럼

그리고 눈보라 속에서 믿을 수 없는 악수를 나누었다

헤어졌다 헤어지기 전
내 속의 신생아가 물었다, 언제 다시 만나?
네 속의 노인이 답했다, 꽃다발을 든 네 입술이 어떤 사랑에 정
직해질 때면
내 속의 태아는
답했다, 잘가

내 손을 잡아줄래요?

어느 날 보았습니다
먼 나라의 실험실에서 생의학자가 내가 가진 인간에 대한 기억
을 쥐가 가진 쥐의 기억 안에 집어넣는 것을

나와 쥐는 이제 기억의 공동체입니다 하긴 쥐와 나는 같은 별
에서 오랫동안 함께 살았습니다
사랑을 할 때 어떤 손금으로 상대방을 안는지 우리는 아주 오
랫동안 생각했지요 쥐의 당신과 나의 당신은 어쩌면 같은 물음을
우리에게 할지도 모르겠습니다.

내 손을 잡아줄래요?
피하지 말고 피하지 말고
그냥 아무 말 없이 잡아주시면 됩니다.

쥐의 당신이 언젠가 떠났다가 불쑥 돌아와서는 먼 대륙에서 거
대한 목재처럼 번식하는 고사리에 대해서 말을 할 때
나의 당신은 시간이 사라져버린 그리고 재즈의 흐느낌만 남은
박물관에 대해서 말할지도 모릅니다

쥐의 당신이 이제 아무도 부르지 않는 유행가를 부르며 가을 강가를 서성일 때

나의 당신은 이 계절, 어떤 독약을 먹으며 시간을 완성할지 곰곰이 생각합니다

푸른 별에는 당신의 눈동자를 가진 쥐가 산다고 나는 말했지요, 당신, 나와 쥐의 공동체를, 신화는 실험실에서 완성되는 이 불우한 사정을 말할 때

내 손을 잡아줄래요?
피하지 말고 피하지 말고
내가 왜 당신을 사랑할 수밖에 없는지
그 막연함도 들어볼래요?

이건 불행이라고, 중얼거리면
모든 음악이 전쟁의 손으로 우리를 안아주는 그런 슬픈 이야기가 아닙니다
이건 사랑이라고, 중얼거리면
모든 음악이 검은 빛으로 변하는 그런 처참한 이야기도 아닙니다

다만 손을 잡아달라는 간절한 몸의 부탁일 뿐입니다

내가 하지 않으면 내 기억을 가진 쥐가 당신에게 말할지도 모릅니다

내 손을 잡아줄래요?

병풍

병풍 속에는 눈 분분한데 매화가 깨어났네
옹이 많은 가지를 잡고 꽃들은 다시 잠이 들었네
꽃 사이를 산보하던 검은 새들은 눈을 안고 자는 꽃잎 속으로
들어갔네

병풍 뒤에는
아직 눈을 감지 못한 한 사람 누워 있었네
가지 못했던 길처럼 생긴 손을 가슴 위에 모으고

병풍 속에는 난초 옆에서 봄바라기를 하는 개 한 마리 있었네
훈풍이 불어 꽃의 가장자리는 따뜻하고도 그리웠네
화반에는 보라색 안개 같은 꽃들이 멍울처럼 돋아났네

병풍 뒤에는
아직 눈을 감지 못한 사람의 눈물이 얼어 있었네
아직 만나지 못한 사람은 다시는 못 만날 눈물의 얼음이었네

병풍 속의 아픈 감들은 공중에서 붉은 등을 켰네
어부 하나 가을 물고기를 연잎에 싸서 집으로 가고 있었네

달을 바라보며 차를 달이는 사람은 귀양지에서 울었네

병풍 속의 대나무밭에는 첫눈이 내렸네
토끼를 입에 문 늑대가 눈밭을 걸어가는 사람의 뒤를 따라갔네
그 사람 등 뒤에도 죽은 꿩 하나 매달려 있었네

병풍 뒤에는 그 눈밭을 걸어갈 사람 하나
멍 든 발을 모으고 자고 있었네

병풍 앞에서 곡비가 울 때
가지 말라고 붙잡는 사람도 원없이 잘 가시요, 보내는 사람도
그 사람이 두고 간 신발이 되었네
더 이상 같이 나서지 못하는 신발이 되어 가지런히 병풍 앞에
놓여 있었네

운수 좋은 여름

테러리스트가 내일 지난 길을 오늘 걸어서 납치당하지는 않았다 지진이 난 도시의 여관에 한 달 후에 자지 않아서 내가 잠잔 여관이 폭삭 내려앉는 것을 텔레비로 볼 수도 있었다

하염없이 걷다가 아, 이대로 이 금빛 들판, 떠나도 괜찮겠다 했다 어디 다시 도착해도 좋겠다 했다 천지간, 그 사이에서 실종되어도 그만 그러려니 했다 그래서 내 여름의 신발은 닳았다

시간의 가슴에서 또 하나의 시간이 나와 태양을 가두었다 세상은 컴컴해졌다 비가 왔다 그 비를 맞으며 바위들은 어둑어둑 가슴의 바깥으로 걸어나갔다

바위에다 자신의 영혼을 나누어주었던 독수리는 무슨 말을 하고 싶었을까 흙은, 이제 막 우리가 깨워냈던 흙은 가슴에 묻어둔 토기를 보여주며 침묵했다

토기는 발을 잃은 채 하늘의 서재에 꽂혀 있고 별들은 하늘의 서재에 가득 찬 책장을 넘겼다 밤의 벌들은 꿀을 모으는 것이 아니라 꽃의 잠을 모았다 그 잠 속에서 나는 이렇게도 하릴없이 중

얼거렸다,

　　당신 참 나쁘다 당신 참 이쁘다 운수 좋은 여름이라서 당신과
아주 조금만 헤어졌다 떨리던 여름은 고요한 몸이 되어 멀리 있
는 당신을 안았다

역대 수상시인 근작시

내통內通 외
고 형 렬

냄새의 발원지 외
김 기 택

열대어는 차갑다 외
김 소 연

고형렬

내통·內通 외

1954년 강원 속초 출생. 1979년『현대문학』등단.
시집『대청봉 수박밭』『해청』『사진리 대설』『성에꽃 눈부처』
『김포 운호가든집에서』『밤 미시령』등.
〈대한민국문화예술상〉〈백석문학상〉〈현대문학상〉 등 수상.

내통內通

너와 내가 피를 섞어, 몸을 섞어, 뼈를 섞어, 살을 섞어?
더러운 내통, 더러운 야합, 더러운 나누어 먹기
이간질하는 놈, 협잡꾼,
너의 밥을 내가 먹어, 나의 밥을 너에게 먹여, 너의 꿈과 하나
가 돼?
구토할 것, 기억까지, 신장까지, 꿈까지, 가버린 시간까지
그렇게 우리는 피로 결탁하고,
인간의 골육을 직조했는가
한번 먹은 것을 절대 토하지 않는 기인*처럼 다신 너를 만나지
않으리,
살아선

* 기인종불변토飢人終不變吐

쥐새끼

도시의 땅속엔 악취만 가득하다
어미젖을 빨던 손가락들은 다 죽었다
마을 하늘에 박쥐가 지워진 건 더 오래전
이 마을 아이들은,
박쥐의 울음소리를 듣지 못한다
그 소리엔 5와트쯤 전류의 그믐이 흐를 텐데
모든 구멍은 공굴을 쳤다
그 어른들에겐 청음기가 없다
검은 하늘의 별에게나 그 이빨이 있을지,
땅속을 돌아다니던 쥐새끼들
나의 구두와 취기를 제일 먼저 보았을
얼굴의 눈, 귀
불구자들만 남은 사회, 쥐가 없어진 골목
전광판 길바닥에 투견만 짖는다

사양斜陽의 가족사진을 찍다

날개들 떠나기 시작했다
수돗가에서 두 철 까맣게 탄 도채장이들
분盆째 거실로 들인 남향의 오후
자 사진을 찍자, 저 멀어지는 빛으로.
이 시대의 시인은 없지만 우리끼리 시인이다
시인들이 말을 다 잃어버리고 있지만
우리만은 말을 물고 있어,
오지 않는 것들은 기다리지 않는다
이상했지 한로 상강 간은 소리가 없더라?
남양주 동산에 해가 지는 마음의 밑바닥에
사양을 대고 기념사진을 찍는다,
자 나를 똑바로 보아, 하나 둘 셋, 찰칵.
아리고 슬픈 소리는 유리창 앞에서 끊어졌다
잠 속에서 해가 지나간다

부채를 들다

검은 부채 속의 도시가 부채질을 한다
바람 한 점 없는 차도에서 나의 부채께서는
단자엽 바람을 내고 타이어 사이에 끌려간다
척 얼굴을 자해하는 흑백 산수
오물을 뒤집어쓴 꿈은 구곡간장으로 떨어진다
백야의 한낮의 이 도시는 혼자 있다
혼자 지내는 도시는 무한의 무료를 느낀다
다시 부채는 마천루의 어둠을 뒤흔든다

팔에서 굴러 나오는 몇 장의 바람은 절망이다
부채는 심장을 초극할 수 있는가
이젠 아무도 이 도시를 움직일 수 없다
아 부채잡이는 부채를 올리고 부채를 부친다
무풍지대의 자동차들은 부채 제자가 된다
도시를 분노하고 경악했던 옛 부채는
조용히 도시 속에서 죽었지만 길을 안내하는
그 몇 번의 바람은 스쳐 지나간다

적막황홀의 아침에

눈을 뜨면 먼저 손목시계를 찾는다
철커덕, 한 뭉치의 늘어진 시곗줄과 시계
눈 감고 왼손 팔목에 채운다
아내가 사준 크리스털의 렌즈만 한 시계
하지만 오늘도
저 과거로부터 있어온 지루한 삶의
그 환하고 눈부신 아침이다
대대로 시간과 희망에 속아서 은빛 시곗줄은
살이 되었다, 한 뭉치의 살
나의 시간은 태양의 햇살처럼 간다
이젠 태엽도 풀리지 않으면서
우라늄이든 빛이든 한 조각의 티끌로
재깍, 재깍, 재깍, 재깍
방 안에 햇살 들어오는 눈거울에
오늘은 무사일출 이 시나 한 편 짓는다
옛 시인들처럼

시골은 조용해서
간혹 개 짖는 소리와 닭 울음소리뿐.

터미널을 지나가는 아침

죽음에서 걸어 나와 아침을 한다
아악 양치질을 하고 약을 먹는다
이것이 그의 삶이다
그는 노동자가 아니다
그는 치료를 받는 평범한 한 인간
모든 인간이기도 하다
무한에 가까운 인애가 필요하며
산책과 명상이 필요하다
오늘은 그가 오지 않고
가운 한 벌만 자축자축 걸어 내려와
아침을 하고 나갔다
쿵 고무판에 긴 입술 갖다 대는
엘리베이터 문 닫히는 소리
손바닥만 한 손수건이 걸려 있는
발코니의 작은 아침
모든 인간이 의지하는 생의 빛은
오늘 아침까지 자전을 계속한다

덩굴손 잔잎 좀 보세요

최근은,
아무 일도 일어나지 않는 나날이 계속된다
그래도 한 구간을 건너뛰는 푸른 넝쿨이 있다
언어는 인간밖에 사용하지 않지만
말을 더듬듯 구부리는 장님 줄기와 잎들
물색 하늘 풍덩, 손을 적신다

지금도 안에선 잎살을 붙이고 밖에선
터지지 않도록 끝을 봉합한다
한 순간이 가버린 뒤론 꼼짝하지 않는다
저들도 종일 바람을 기다리고 있는 게다
나도 저 새 잔잎 한번 흔들고 넘어가는
한 자락 바람이자

시인은,
태양이 찍는 자신의 등을 손바닥처럼 내놓았다
어느새 저렇듯 덩굴손이 된 것을
빌딩들은 모를 것이다

김기택

냄새의 발원지 외

1957년 경기 안양 출생.
1989년 『한국일보』 등단.
시집 『태아의 잠』 『바늘구멍 속의 폭풍』 『사무원』 『소』 『껌』 등.
〈김수영문학상〉 〈현대문학상〉 〈이수문학상〉 〈미당문학상〉 수상.

냄새의 발원지

푸른 하늘 흰 구름에서 오징어 굽는 냄새가 난다
나뭇잎이 바람에 뒤집힐 때마다 삼겹살 냄새가 난다
유리창에서 개비린내가 난다
무늬들이 우글거리는 벽지에서 바싹 말린 쥐포 냄새가 난다

환기구가 창틈이 내 안의 모든 콧구멍 땀구멍 들이
일제히 벌름거린다
꽁치 냄새가 시멘트벽을 튼튼하게 떠받치고 있다
삶은 혀와 구운 눈알 냄새가
근육질 소파와 뭉치고 찌든 침대를 푹신하게 만들고 있다

악취가 진동하는데 어딘지 모르겠어요
아무래도 303호 같아요
안에서 텔레비전 소리는 나는 것 같은데
열흘이 넘도록 드나드는 사람도 없고 인기척도 없어요

텔레비전 보는 사람들이 들여다보이는 전자레인지 안에서
뻥, 뻥, 무언가 터지는 소리가 들린다
디지털도어록으로 안전하게 잠긴 압력밥솥 안에서

부글부글 무언가 날뛰는 소리가 들린다

신경성후각상실증과 습관성후각마비증을 향하여
뚱뚱하게 부푼 향기를 숨긴 첨가물 냄새가 온다
저열량 저염 무가당 고단백 토사물 냄새가 온다
갖은 양념으로 버무린 하수구 냄새가 온다

Before—After

Before를 쳐다보는 내 시선이 깎이고 있다.

사납게 튀어나온 각진 선들을 그 선에 깊이 새겨진 짜증과 신경질과 분노와 체념을 둥글고 부드럽고 순하게 깎아내고 있다.

얼굴이라고 나라고 우기는 울퉁불퉁한 지방을 도려내고 있다.

사주팔자가 손금처럼 새겨진 사납고 드센 외곽선을 갸름하게 만들고 있다.

웃거나 찡그릴 때마다 정해진 운명을 한 치의 오차 없이 그려내고 있는 주름을 펴서 없애버리고 있다.

한 번 자리 잡으면 평생 그 자리에서 떠나지 않는 고집스러운 선을 그 선에 달라붙어 단단하게 굳어버린 고정관념을 갈아버리고 있다.

좁은 구멍 안에 갇혀 있는 눈 가늘게 째진 구멍 안에 숨어 밖을 노려보는 눈을 잡아 빼고, 시선을 빨아들이는 깊고 푸른 눈 떠올리기만 해도 기분 좋아지는 눈 내 상상이 가끔 불러오는 커다란 반달눈을 그 자리에 박아 넣고 있다.

내 눈이 본 형상들을 다 가짜로 오류로 착각으로 없었던 것으로 만들어버리고 있다.

내 눈이 보고 있는 것들을 한 번도 존재하지 않았던 시간으로 다시는 오지 않을 시간으로 이 세상에 실재하지 않았던 시간으로 밀어내고, 언제든지 일어날 수 있는 시간 꿈꾸면 언제든지 현재가 될 수 있는 시간을 그 자리에 채워 넣고 있다.

한 번 태어나면 결코 바뀌지 않는 형태를 한 번 결정되면 결코 변하지 않으려는 표면을 딱딱하고 수정 불가능한 고형물을 물렁물렁하게 주물러서 팽팽하고 탄력 있는 촉감으로 바꾸고 있다.

이윽고 내 시선에서 다 지워진 Before가 그 자리에 After를 집어넣고 있다.

Before가 다 삭제되어버린 내 시선이 활짝 웃는 After를 바라보고 있다.

이 세상에 한 번도 태어나본 적이 없는 시간 결코 일어나본 적이 없는 사건이 풍부하게 들어 있는 선과 형태와 표정을 입을 벌리고 바라보고 있다.

일인용 소파

낡히고 가죽이 벗겨지고 때와 먼지에 절어 있는데도
쓰레기 더미에 처박혀 있는데도
여전히

뚱뚱하다
배가 나왔다
어깨와 등이 두껍고 넓다
팔걸이에 두 팔을 얹고 있다
온몸을 제 등에 깊숙이 기대고 있다
짧고 뭉툭한 다리를 쩍 벌리고 있다
떡 벌어진 어깨에 목 없는 머리를 파묻고 있다

태어날 때부터 줄곧 앉아 있었다는 듯
앉은 자리에서 한 번도 벗어나본 적이 없었다는 듯
다시는 일어날 수 없도록 다리가 접혀 있다는 듯
제 무게와 살 속으로 들어가 나오지 않는다
앉은키가 낮은데도 무엇이든 근엄하게 내려다보고 있다
넘어졌지만 앉은 자세를 바꾸지 않는다
엎어졌지만 팔다리 버둥거리는 일 없이 앉아 있다

고양이나 바람이나 눈비가 건드려도 흔들림 없이 앉아 있다

엉덩이는 언제든지 부풀어
넓적다리와 팔과 어깨가 될 준비가 되어 있다
앉은 자세로 굳어버릴 준비가 되어 있다
뇌와 영혼조차 의자에 붙은 엉덩이가 될 준비가 되어 있다
엉덩이에 짧은 다리가 뿔처럼 돋아 있지만
어깨가 굽어지거나 배가 들어가거나
다리를 오므리는 일은 결단코!
없다

김밥천국

김밥
天國 문을 열고
반바지를 입은 중년의 사내가 나온다.
이빨로 잘 다진 김밥을 차곡차곡 위장에 담고
제삿밥처럼 고봉으로 담고
탱탱해진 위장을 불알처럼 흔들며 나온다.
혀가 이빨 사이에 낀 김을 쑤시는
울퉁불퉁한 입과 뺨을 우물거리며 나온다.
시커먼 먼지 밥알이 붙은 쓰레빠를 신은
걸음을 끌고 나온다.
죽는 순간 1초에 전생이 펼쳐진다는 파노라마에는
절대로 나타나지 않을 시간이 나온다.
밥을 한 주걱 김 위에 올려놓고
조물조물 김밥을 마는 주먹처럼
위장이 한 그릇 김밥을 주물럭거리는 동안은
眼耳鼻舌身意도 없고 色聲香味觸法도 없다
혀 양치질로 긁어낸 걸쭉한 침이 보도블록 위에 떨어질 때
아들이 개새끼라고 부르는 아버지도 없고
치석 냄새 니코틴 냄새 술 냄새 나는 한숨도 없다

김밥이 으깨지는 동안의 잠깐 천국
無明이 소화되고 解脫이 항문에서 새어나오는 동안
소장 대장으로 한 줄 김밥처럼 말려 지나가는
물렁물렁 천국

꽃나무

햇빛을 다 차지하고 있는 아파트 뒤편에
키 작은 꽃나무 하나가 있소
머나먼 햇살에 조금이라도 가까이 가려고
가지들은 한껏 팔을 뻗치고 있소
바람에 묻어오는 햇살 한 줌이라도 더 흡수하려고
잎들은 다다다다닥 붙어 있소
맑은 날 대낮에도 우중충한 절벽 아래에서
뿌리보다도 더 구불거리며 가지들은
풀잎보다도 더 굽실거리며 잎들은
햇빛을 끌어들이고 있소
꽃나무는 가지마다 근질거리는 꽃을
한 무더기 피워놓고
햇빛에게 다가가려 애쓰고 있소
꽃나무는 제가 피운 햇빛에게 다가갈 수 없소
시멘트 절벽 기다란 직선에 잘려서
햇빛도 꽃나무에 닿을 수 없소
종일 그늘로만 광합성 하는 초록잎으로
꽃나무는 막 달아났소
태양열 전기를 먹고 24층까지 자란 아파트

엘리베이터가 주민 셋을 태우고
24층 지붕을 뚫고 오르려다 고장 난 아파트 뒤에는
제가 생각하는 햇빛으로 열심히 꽃을 피우다
그루터기만 남은 꽃나무 하나가 있소

눈먼 사람

똑똑 눈이 땅바닥을 두드린다
팔에서 길게 뻗어 나온 눈이 땅을 두드린다
땅속에 누가 있느냐고 묻는 듯이
곧 문을 활짝 열고 누가 뛰어나올 것만 같다는 듯이

눈은 공손하게 기다린다
땅이 열어준 길에서 한 걸음이 생겨날 때까지

팔과 손가락과 지팡이에서 돋아난 눈이 걷는다
한 걸음 나아가기 전까지는
거대한 어둠덩어리이고 높은 벽이고 아득한 낭떠러지이다가
눈이 닿는 순간
단 한 발자국만 열리는 길을 걷는다

더듬이처럼 돋아난 눈은 멀리 바라보지 않는다
하늘을 허공을 올려다보지 않는다
나아갈 방향 말고는 어느 곳도 곁눈질하지 않는다
눈이 닿은 자리, 오직 눈이 만진 자리만을 본다

어쩌다 지나가는 다리를 건드리거나
벽이나 전봇대와 닿으면
가늘고 말랑말랑한 더듬이 눈은 급히 움츠러든다

눈이 두드린 길이 몸속으로 들어온다
온몸이 눈이 되고 길이 된다
허리가 잔뜩 줄어들었다가 쭉 펴지며 늘어난다
몸 안으로 들어온 길 만큼
한평생의 체중이 실린 또 한 걸음이 나아간다

노크

굳게 닫힌 문
열리기 전까지 벽이 되어 있는 문
빛과 빛을 자르고 있는 문
안과 밖을 나누고 있는 문
너와 나를 차단하고 있는 문에서

똑똑똑
손가락이 설레는 소리
체온과 들숨 날숨과 심장박동이 팔과 손가락을 지나
한 점으로 모였다가
살과 뼈와 피를 퍼뜨리며 날아가는 소리
문 앞까지 줄지어 모인 내 발자국을 다 퍼내는 소리
말이 아니면서 이미 말인 소리가

똑똑똑
문 안과 문밖의 공기를 뒤섞고 있다
문 안과 문밖을 이어주고 있다
방과 복도를 이어주고 있다
문 안의 귀와 문밖의 귀를 이어주고 있다

문 안의 심장과 문밖의 심장을 이어주고 있다

똑똑똑
긴 복도가 방 안으로 밀려 들어간다
너를 향해 걸어온 내 모든 발자국들이 밀려 들어간다
방이 통째로 복도로 밀려 나온다
네 심장과 허파가 함께 밀려 나온다

밀려 들어가는 복도의 힘에 떠밀려
밀려 나오는 방의 힘에 이끌려

문이 열리려 한다
네 눈과 내 눈이 바로 맞붙으려 한다
네 입이 내 귀로 내 귀가 네 입으로 들고나려 하고
네 심장과 내 심장이 함께 붙어 뛰려 하고
네 체온과 내 체온이 맞잡으려 한다

김소연

열대어는 차갑다 외

1967년 경북 경주 출생.
1993년 『현대시사상』 등단.
시집 『극에 달하다』 『빛들의 피곤이 밤을 끌어당긴다』 『눈물이라는 뼈』.
〈노작문학상〉 〈현대문학상〉 수상.

열대어는 차갑다

사월은 차갑다
사월의 돌은 더 차갑다
사월의 돌을 손에 쥔 사람은 어째서 뜨거운가
그는 어째서 가까운가

마루 아래 요정이 산다고 믿은 적이 있다
잃어버린 세계는 거기서 잘 살고 있다
이 사실만으로 뜨거워질 수 있다

하나의 문장으로도 세계는 금이 간다
이곳은 차가우므로 더 유리하겠지

뒤뚱거리는 아기처럼
닫힌 문이 뒤뚱거린다
문에게도 가능성이 있다

맥주가 목젖을 가시화한다
안주가 어금니를 가시화한다
우리의 대화를 대신한다

대화는 기억해둔 것들을 잃게 한다
사월은 유실물보관소일지 모른다

솥에 뚜껑이 없었다면
쌀은 밥을 견디지 못했을 것이다

뜨거운 밥에 차가운 숟가락을 넣는 건
어째서 기예에 가까운가

손이 시려운 자가 장갑을 낀다
손목을 그어본 자가 시계를 찬다

문이 열린다
찬 바람이 들이친다

바다는 사월의 날씨를 집결한다
해파리가 뜨겁다 가오리가 가깝다
열대어는 차갑다
심해어는 내 방을 엿본다

여행자

아무도 살지 않던 땅으로 간 사람이 있었다
살 수 없는 장소에서도 살 수 있게 된 사람이 있었다
집을 짓고 창을 내고 비둘기를 키우던 사람이 있었다

그 창문으로 나는 지금 바깥을 내다본다
이토록 난해한 지형을 가장 쉽게 이해한 사람이
가장 오래 서 있었을 자리에 서서

우주 어딘가
사람이 살 수 없는 별에서 시를 쓰는 사람도 있을 것이다
가축을 도살하고 고기를 굽는 생활처럼 태연하게

잘 지냅니까, 고맙습니다, 안녕히 가세요,
할 줄 아는 말이 거의 없는 낯선 땅에서
내가 느낄 수 있는 건 반가움과 두려움뿐이다

두려움에 집중하다 보면
지배할 수 있는 모든 것을 지배하고 싶었던 사람이
실은 자신의 피폐를 통역하려 했다는 것을

파리처럼 기웃거리는 낙관을 내쫓으면서
나는 알게 된다

아파요, 살고 싶어요, 감기약이 필요해요,
살고 싶어서 더러워진 사람이 나는 되기로 한다

더러워진 채로 잠드는 발과
더러워진 채로 악수를 하는 손만을
돌보는 사람이 되기로 한다

그럼에도 불구했던 사람이
불구가 되어간 곳을 유적지라 부른다
커다란 석상에 표정을 새기던 노예들은
무언가를 알아도 안다고 말하진 못했을 것이다

단 한 사람도
조롱하지 않는 사람으로 지내기로 한다
위험해, 조심해, 괜찮아,
하루에 한 가지씩만 다독이는 사람이 되기로 한다

아무도 살아남지 않은 땅에서 사는 사람이 있다
살 수 없는 장소에서도 살 수 있게 된 사람이 있다
집을 짓고 창을 내고 청포도를 키우는 사람이 있다

그런 것

눈이 퍼붓기 시작했다 창문 바깥에서가 아니라 저 멀리 대관령
에서

아침은 그렇게 시작됐다 빨래를 널고 창문을 열어두고 바깥에
앉아 볕을 쬐고 있을 때 고양이가 다가와 내 그림자의 테두리를
몇 걸음 걸었고 저쪽에 웅크렸다

꿈에서 일어난 일들이 쏟아져 내렸다 허벅지에 떨어진 동그란
핏방울이었고 그다음 양철 주전자였고 그다음 도살장 옆 미루나
무였다

단식을 감행했다 내가 아니라 내가 아는 한 사람이 저 먼 제주
도에서
아침은 그렇게 지나갔지만 많이 아팠다 내가 아니라 저 먼 시
베리아에서 내가 아주 좋아하는 친구가

할머니는 선지를 좋아했고 엄마는 할머니를 좋아했다 나는 심
부름을 좋아했다

자박자박 붉은 물기를 밟으며 도살장 안쪽으로 걸어 들어가면 한 발씩 한 발씩 서늘해졌다 검은 앞치마를 두른 아저씨가 내 머리를 쓰다듬어주었다 동물들은 걸려 있거나 누워 있었다 질질 끌려 우리 집 앞을 지나간 건 어제의 일이었다

할머니는 쪼그려 앉아 선지를 먹었다 아주 오래전 그 집에서가 아니라 조금 전 꿈속에서
멀리서 날아온 빈혈들이 할머니의 은수저에 얹혀 있었다 할머니의 은빛 정수리처럼 똬리를 튼 채로

아침은 이런 것이다

도착한 것들이 날갯죽지를 접을 땐 그림자가 발생한다 바로 거기에서

나무가 있었다면 새소리를 들을 수 있을 텐데 사람이 아니라 저기 빈 자리에서 나무 한 그루가

포개어진 의자

앉을래?
의자가 의자에게 말했다
서성일래,
의자가 대답한다

나무들이 서 있길래
눕혀주려고 폭풍이 들이닥쳤다
우리는 누운 나무를 보며
재앙을 점쳤다

잠든 사람의 조금 벌어진 입술이
기어코 천진해질 시간에

계절이 바뀔 때에만
잠깐씩 입을 벌리고 나무는 새에게
가지를 내어준다

의자 하나가 그 곁에 있고
나무의 그림자에서 의자가 쉬고 있다

사람들은 스스럼없이
의자에 앉는다

아주 잠깐 고달픔을 잊은 채
찻집 창가에 앉아 있는 여자애에게
기어코 한 남자가 다가오듯이

의자가 되면 의자에 앉을 수 없게 된다
사람이 되면 사람을 사랑할 수 없게 된다

의자가 의자에 앉아 본분을 잊는 시간
우리는 재앙을 점치지만
사랑은 익어 열매처럼 떨어진다
입을 약간 벌린 채로

혼자서

상가의 컴컴한 내부가 최대한 컴컴해진다
빛들이 칼을 들이대듯 틈새를 에워싸도

간절함은 저렇게 표현돼야 한다
최대한 입을 꽉 다문 채

뺨에 접착된 핸드폰을 꼭 감싸고
최대한 고개를 숙인 저 사람처럼

귀는 아가미가 되었다
물고기가 되었다
흘러 다녔다

현수막은 최대한 환해진다
달은 관람차처럼 최대한 가까이 다가온다

저 마네킹은 눈동자가 있다
저 조각상은 눈동자가 없다
최대한 인간을 닮기 위해서

밤은 가장 춥다
분노는 이런 식으로 표현해야 한다
최대한 급진적으로

집은 구겨진다
쓰레기차가 쓰레기봉투를 쓸어 담듯
마지막 아버지를 쓸어 담고서

컴컴한 내일들이 박스처럼 쌓여 있다
오늘이 어제를 벼랑으로 데려간다

창문을 열면 바람이 들어온다
휙, 내 땀냄새가 난다

누군가 곁에서 자꾸 질문을 던진다

살구나무 아래 농익은 살구가 떨어져 뒹굴듯이
내가 서 있는 자리에 너무 많은 질문들이
도착해 있다

다른 꽃이 피었던 자리에서 피는 꽃
다른 사람이 죽었던 자리에서 사는 한 가족
몇 사람을 더 견디려고 몇 사람이 되어 살아간다

우리는 같은 사람을 나누어 가진 적이 있다
같은 슬픔을 자주 그리워한다

내가 누구인지 도무지 알 수 없을 때마다
나를 너라고 믿어보았다

지난 연인들이 자꾸 나타나
자기 이야기를 겹쳐 쓰려 할 때마다
너와 나는 같은 사람이 되려고 했다

내 걸음걸이에서 네가 묻어 나왔다

알라의 얼굴에서 예수의 표정이 묻어 나왔다
두 개의 바다가 만나는 해안에
도착해 있었다

늙은 아기가 햇빛에 나와 앉아 바다를 보고 있다
바다가 질문들을 한없이 밀어내고 있다

우리에게 달라진 것은 장소뿐이지만
우리들 기억이 어느새 달라져 있었다   .
나는 다른 사람이 되어버렸다

그래서

잘 지내요,
그래서 슬픔이 말라가요

내가 하는 말을
나 혼자 듣고 지냅니다
아 좋다, 같은 말을 내가 하고
나 혼자 듣습니다

내일이 문 바깥에 도착한 지 오래되었어요
그늘에 앉아 긴 혀를 빼물고 하루를 보내는 개처럼
내일의 냄새를 모르는 척합니다

잘 지내는 걸까 궁금한 사람 하나 없이
내일의 날씨를 염려한 적도 없이

오후 내내 쌓아둔 모래성이
파도에 서서히 붕괴되는 걸 바라보았고
허리가 굽은 노인이 아코디언을 켜는 걸 한참 들었어요

죽음을 기다리며 풀밭에 앉아 있는 나비에게
빠삐용, 이라고 혼잣말을 하는 남자애를 보았어요

꿈속에선 자꾸
어린 내가 죄를 짓는답니다
잠에서 깨어난 아침마다
검은 연민이 몸을 뒤척여 죄를 통과합니다
바람이 통과하는 빨래들처럼
슬픔이 말라갑니다

잘 지내냐는 안부는 안 듣고 싶어요
안부가 슬픔을 깨울 테니까요
슬픔은 또다시 나를 살아 있게 할 테니까요

검게 익은 자두를 베어 물 때
손목을 타고 다디단 진물이 흘러내릴 때
아 맛있다, 라고 내가 말하고
나 혼자 들어요

심사평

수상소감

창조적 모험으로의 이행을 기대하며

함돈균

〈현대문학상〉이 비교적 젊은 시인들에게 개방적이며, 시단의 현재 경향과 가능성을 실시간으로 반영하는 공정한 상이라는 인상을 갖고 있던 차에 심사위원으로 참여하게 되어 기뻤다. 예심위원인 김소연과 함돈균은 이런 〈현대문학상〉의 성격을 감안하면서, 2011년 12월호(겨울호)부터 2012년 11월호(가을호)까지 주요 문예지에 실린 신작시들을 읽고 선별하는 작업을 이번 가을 두 달여 동안 진행했다. 두 심사자는 각자 15명씩 후보자를 선정해서 『현대문학』에 통보했고, 이를 바탕으로 별도의 날을 정해서 한자리에 모여 다시 15명의 본심 후보자를 선정하였다.

예심 과정에서 무엇보다 눈에 띈 것은 한국문단의 허리세대라고 할 만한 1960년대 중반부터 1970년대 중반생 시인들과 이제 막 첫 시집을 낸 신인들의 활약이었다. 전자의 경우 대체로 자신만의 고유한 목소리와 시선을 유지하면서도 새로운 시적 모색을 위한 이행기에 있는 시인들이 적지 않은 것으로 판단되었다. 아쉬운 점은 이행기의 위험성을 감안한다 하더라도, '전위성'을 지녔던 이 세대의 시들에 모험을 감수하는 용기가 다소 부족해진 게 아닌가 하는 인상을 받았다는 사실이다. 신인들의 경우에는 주목할 만한 새로운 목소리들이 여럿 등장한 것이 반가웠던 반면, 스스로 재능을 과신하여 대상에 머물러 침잠하는 시간이 적고 문장을 세공하는 공력을 다소 가벼이 여기는 경향이 엿보이기도 한다는 사실은 우려스러운 점이었다. 예심을 진행하면서 인상적이었던 몇 편의 후보를 언급하면 다음과 같다.

김언의 시는 자신만의 산문적 질감을 유지하면서도 다른 방향으로의 이행기를 거치고 있는 게 아닌가 싶다. 말과 시 자체의 본질을 문제 삼는 김언 특유의 메타언어적인 시에서, 시인 자신을 시적 반성의 테마로 삼는 아이러니한 화법적 전환을 보여주고 있는데, 관념적 언어의 생활세계적 진입이라는 점에서 주목할 만한 변화의 기미가 아닌가 생각된다. 생활세계라면 이근화 역시 자기 주영역이라고 주장할 것이다. 칼국수와 콩나물과 호박죽과 설탕 트럭의 세계에서 솟아 나오는 천연덕스러운 위트가 지난 1년간 이근화가 겪은 시적 시간들이다. 다만 그의 위트는 구체적인 생활감을 지니고 있다는 점이 미덕인 반면, 그 실감이 대개 건강해서 생활 이면의 궁극적인 비합리나 어둠과 닿지 못할 때는 잘 쓰인 '소품'이 될 가능성도 있다는 점을 생각해볼 필요가 있을 것이다. 이장욱과 황병승은 일관되게 자기 색깔을 관철하면서 생활세계의 물신성과 대중의 공통관념들과 대결하는 시인들이다. 지난 1년간의 작업에서도 여전히 그들은 낯선 '외국어'로 이데올로기적 저항을 시도하는 일을 포기하지 않았는데, 이 비타협의 태도는 한국시가 현재 보유한 가장 소중한 에너지의 하나로 응원해줄 만한 가치가 있다고 생각된다. 시단의 흐름과는 무관하게 자기 고유의 서정을 일정한 수준에서 꾸준히 유지해온 허연 역시 인상적이다. 삶 전체에 착색된 쓸쓸함을, 통속적 세태의

경계선을 밟고 서 있는 이의 시점과 정서로 포착하고 전달하는 화법이 상당한 언어적 감염력을 연출하고 있다는 점을 평가하고 싶다.

우리 시단의 모험이 좀 더 용기 있게 전개되기를 바라면서, 노고에 찬 창조적 언어들을 생산하느라 여러 어려움을 감내하시는 시인들에게 진심으로 격려의 말씀을 드린다. ▪

어떤 거짓과의 싸움

김소연

　소중한 시인, 소중한 시가 많다. 누구의 어느 시가 더 소중한지 판단
하는 게 늘 곤란하다. 어떤 시를 선택하는 일은 즐겁지만 그건 어떤 시
를 배제하는 일이기에 더 곤란해진다. 선택에는 용감할 수 있는데, 배
제에 대해선 용감해지지 않는다. 처음에는 한 해 동안 가장 성숙해진
시인의 시를 고르자, 그리고 지금 이 시절에 가장 소중한 시를 고르자
며 원칙을 세웠지만, 원칙을 지킬 수가 없었다. 시인들의 고뇌가, 어떨
때는 자신의 거짓 고뇌에 대한 뼈아픈 응시까지가 읽혀졌다. 그래서 모
두 소중하게 읽었다.

　송재학의 「식욕의 탄생」 「봄날」, 허수경의 「만일 그대가 나보다 먼저
간다면」 「듣는 책」 「운수 좋은 여름」, 허연의 「서교동 황혼」 「나는 내일
태어나지 않는다」, 김언의 「이 용기의 용도를 모르겠다」 「경청하는 개」,
강정의 「나비의 정원」 「돌의 탄식」 「푸른 새를 낳다」, 김행숙의 「누구를
위하여 좋은 울리나」, 황병승의 「신scene과 함께 여기까지 왔다」 「갈색
글러브」, 김경주의 「본적本籍」 「아무도 모른다」, 하재연의 「묽은 피」 「또

다른 해」, 오은의 「도파민」 「느낌」. 이 시들에 특별히 눈이 갔다. 몇 번씩 읽었다. 이런 이야기를 시로 써주는 시인이 있어서 고마웠고 기뻤다.

올해에 발표된 시들의 특징은 '어떤 거짓과의 싸움'이라 할 수 있을 것이다. 거짓의 대상이 무엇이든 간에, 결국엔 자기 멱살을 잡는 게 시이다. 그러면서도 멱살의 드셈과 싸움의 노골이 사라진 허탈의 상태에서, 허탈로 기울지 않고 애쓰는 온갖 안간힘이 시가 된다. 그중에 안간힘마저 안으로 삼킨 시들을 나는 눈여겨 읽고 예심에 올렸다. 함께 예심을 맡게 된 함돈균의 추천목록에서는 이근화의 담백함과 이기인의 그윽함과 이원의 깊이가 유독 각별했다. 시의 수많은 미덕 중 하나를 온전히 하기 위해 다른 것들을 욕망하지 않는 용기가 전해졌다.

눈에 띄는 좋은 시를 쓰고 있는 이제니, 유희경, 김승일, 황인찬은 등단연도가 가까운 이유로 좀 더 바라보기로 약속하고 누락했으나, 응원을 하기 위해 적어두고 싶다. ▪

자신과 타자의 운명을 일치시키려는 애씀

김사인

　본심에 넘겨진 시들을 일독한 뒤의 첫 생각은 이 난삽함들이 과연 불가피한 것인가 하는 의문이었다.

　다수 동시대인의 일상적 언어감각, 생활감각으로는 읽어내기가 쉽지 않다는 것, 음악으로 치면 마치 다양한 음악들 중 마니아 취향의 인디밴드 음악들만 모여진 느낌이라고나 할까. 오늘의 일상 자체가 예측불허 위에 서 있는 터에, 이 난감함이 시인들 탓만도 아닐 것이며, 오히려 현실의 참다운 반영이라는 역설적 의미도 없지 않을 것이다. 그러나 이러한 추세가 젊은 시단의 주류를 이루어 시와 독자가 서로를 심각하게 소외시키는 지경이라면, 우려를 갖지 않을 수 없다. 더 문제는 난삽한 시들의 상당수가 그에 상응할 만한 정신의 긴장과 모험의 에너지를 내장하고 있지 않아 보인다는 데 있다.

　우리 시인들은 어쩌다가 이렇게 자기만 아는 노래와 비명과 장난, 자기만의 방언으로밖에는 진정성을 드러낼 수 없는 고독에 처하게 되었나. 독자 따위에 신경 쓸 여유 같은 건 없을 만큼 그들의 비명이 고통에 충실하기 때문인가. 의미 중심적 언어 사용방식, 인습적인 시어 운용방식에 대한 비판적 노력들이 어느덧 또 다른 방식으로 특권화되는 자가당착에 떨어지고 있는 것은 아닐까(그렇다고 해서 다시 '익숙한 애늙은이 모범생'의 시 쓰기로 돌아가자는 것은 물론 답이 아니다).

이근화 시인의 감각과 잠재력을 깊이 신뢰하므로, 그 때문에 더욱, 그가 더 좋은 시를 이루어야 하고, 그때 좋은 상의 수상자가 되는 것이 적절치 않겠는가 나는 생각했다. 그의 눈부신 달란트는 지친 표정의 시에서조차 민감하고 정갈하며 싱싱하고 유려하다. 그런데 바로 그 유려함 자체에 대해 나는 일말의 아쉬움을 느꼈다. 매끄러운 흘러감 대신 그는 좀 더 머뭇거리거나 더듬거려야 하지 않을까. 그 지체와 멈춤 속에서 뜻밖에도, 깊이가 확보되는 것은 아닐까. 또 심사대상이 된 올해의 시들은 상대적으로 소품이라고 느껴졌다. 그러나 '젊은 시단의 유행적 추세에 쓸리지 않고 이런 시를 쓰는 것만도 큰 용기'라는 다른 심사위원의 생각에 동의하지 않을 수 없는 미덕을 그가 지닌 것도 사실이다.

처음에 나는 허수경 시인에 더 주목했다. 근년의 그의 시들이 보여주는 세계성의 체험과 인식지평의 확대는 우리 시의 매우 뜻깊은 성취라고 여겨졌고, '유행적 추세'와도 구별되는 새로움이었기 때문이다. 그러나 올해에 발표된 시들이 과연 그러한 성취를 대표할 만한가에 대해 이견이 있었다.

구태의연한 말들일지 모르지만, 타자에 대한 개방과 접속을 참답게 실현하고자 하는 의지와 능력이야말로 시인됨의 변치 않는 진리가 아닐까 하는 생각, 사적 개인임을 부인하지 않되 보편성에의 지향을 포기하지 않는, 자신의 운명과 타자의 운명을 일치시키려는 애씀과 조심스러움 위에서, 대속에까지 이를 시인의 윤리랄 것이 성립되지 않겠는가 하는 생각을 조심스레 적어둔다. 수상자에 대한 축하는 물론! ▪

여백을 만드는 절제의 집중력

최승호

아줌마 제발 이 손 좀 놔주세요, 말하지 못했다

—「제발 이 손 좀 놔주세요」 부분

너무나 많은 시인들이 너무나 많은 지면에서 너무나 많은 말들을 쏟아낸다. 생산되는 작품의 양으로 볼 때 이제 시는 귀한 것이 아니라 아주 흔한 것이 되어버렸다. 그리고 작품의 길이로 볼 때도 시는 짧은 것이 아니라 얼마든지 길어져서 산문이나 소설 속으로 들어가도 아무 문제가 없는 것처럼 보인다. 이런 현상을 시의 풍요라고 말할 수 있을까? 개인적인 느낌일지 모르겠으나, 무절제한 언어의 과소비와 즉흥적이고 장식적인 표현의 쇄말주의가 유행하면서 시의 미덕인 여백은 점점 매몰되어가는 듯하다. 시는 리듬과 이미지와 의미를 만들어내는 기술이기도 하지만 여백을 만드는 기술이기도 하다. 생략과 응축의 문법으로 말을 최소화하면서 큰 여백과 긴 울림을 만드는 것, 시를 '침묵의 조각술'이라고 말하는 것도 이런 이유에서일 것이다.

한밤에 치킨버스를 타고 우리가 간다면

보이지 않는 산

흐르지 않는 강

다가올 여름을 위해 아껴둔 풍경들

—「한밤에 우리가」 부분

이근화는 다 말하지 않고 다 드러내지 않으면서 무언가를 여백에 남겨두고 묻어둔다. 그 고요한 여백 속에 말하지 않은 말들의 메아리와 슬픔이 있고, 우리의 삶을 되돌아보게 하는 침묵의 거울들이 있다. 허황하지 않은 차분한 어조, 과장된 감정의 제스처를 배제하는 담백한 진술, 측은지심의 눈으로 바라보는 사람의 일상과 사물들에 대한 섬세한 관찰력과 간결한 묘사는 이 시인의 기질이자 문학적 재능이다. 그리고 무엇보다도 시를 전개하고 형상화하는 과정에서 흐트러지지 않는 절제의 집중력이 이근화만의 독특한 시 스타일과 여백을 창조해낸다고 보았다. 그의 수상을 축하한다. ▪

닭장차에 꽂힌 통배추 이파리처럼

이근화

알록달록한 젓가락을 사다가 잠에서 깼습니다. 가슬가슬하면서도 매끄러운 나무젓가락의 감촉이 손바닥에 그대로 남아 있는 것 같습니다. 어느새

어항이 물풀로 가득 찼습니다. 텅 빈 어항을 더 좋아하는데 말입니다. 아주 작은 새우들만 키웁니다. 새우들은 잘 보이지 않습니다. 물풀에 매달려 있기를 좋아합니다. 어렸을 때는 집채만 한 고래나 우리 은하 어딘가에 존재할 외계인에 대해 생각했습니다. 빛의 속도로 달리면 과거의 나와 미래의 나가 만나 악수할 수 있을 거라고 믿었습니다. 그 믿음은 개에게 준 것 같습니다.

정말입니다. 아 눈물이 나는군요.

요즘은 집 안에 모서리를 없애는 일을 합니다. 가구 모서리에 쿠션을 덧대고 구석구석 먼지를 닦아내지만 어린것들은 꼭 제 이마를 찧고 멍을 훈장처럼 매답니다. 고사리 같은 손으로 숨은 먼지를 잘도 긁어 먹습니다. 아이들이 긁어 먹는 것은 먼지만은 아닌 것 같습니다. 제 영혼

이 긁히는 소리가 납니다. 많은 사람들이 제 안의 모서리까지 없어질까 봐 걱정입니다만 저는 요즘 걱정할 시간도 별로 없습니다.

　오늘 들었던 가장 인상적인 말은 '물리적으로'였어요. 의사는 영양제 이백 밀리짜리를 맞으라고 했습니다. 삼백 밀리 링거액은 물리적으로 불가능하다고 했습니다. 병원 문 닫을 시간이 됐으니까요.

　아, 그래요. 문은 닫아야 합니다.

　얼마 전에 큰아이가 잠꼬대를 했습니다. 설움이 북받쳐 오르는 목소리로 내가 문을 만들었는데 왜 그 문을 엄마는 동생에게 주었지, 라고 말했습니다. 뭔가 '물리적으로' 큰 잘못을 한 것 같았습니다. 그 문은 어딜 향해 열려 있었던 것일까요.

　물리적으로 가능한 링거액을 맞고 나와 병원 앞 수제 돈가스집에 들어갔습니다. 영업시간이 이십 분 남았으니 저녁식사는 (물리적으로) 가능하답니다. 낙지볶음밥을 시켰습니다. 매워서 거의 못 먹고 양배추 샐러드만 두 접시 먹어치우고 나왔습니다. 버스정류장에 서서 할 것이 아무것도 없었어요. 매운 입술로 잘하지도 못하는 욕을 해보는 수밖에.

　버스를 기다리는 수밖에.

　닭장차에 꽂힌 통배추 이파리처럼

　생생한 욕을 잘해보고 싶습니다.

　얼마 전 지하철에서 어떤 남녀를 보았어요. 한 남자는 계속 욕을 해댔고, 한 여자는 눈이 풀린 채 멍하니 허공을 응시하고 있었습니다. 그들이 나를 향해 욕을 한 것도 아니고 나를 째려보고 있었던 것도 아닌데 나는 어쩔 줄 몰라 하며 허둥댔습니다. 서둘러 자리를 뜨려다가 지하철 문에 왼쪽 어깨를 심하게 부딪쳤습니다. 너무 아파서 눈물이 찔끔 났습니다. 스크린도어에는 보기 좋은 어떤 작품이 씌어 있었는지도 모르겠습니다만 그런 걸 읽어볼 여유는 없었지요. 두 남녀는 제 그림자가 아니었을까요. 요즘 들어 아무 데나 주저앉아 펑펑 울고 싶을 때가 많습니다. 이 삶에 대해 시위하듯이 말입니다.

아무도 상처 주지 않았는데 저 혼자 상처 받는 우울한 짐승이 되어버린 것일까요. 힐링은 유행이 되었습니다. 유행병을 앓고 있다는 것은 어쩐지 부끄럽습니다. 아무리 두들겨 펴도 너와 나는 같아지지 않는데 민주화는 그렇게 쉽게 되겠습니까. 씹다 버린 껌처럼 그렇게 아무 데나 붙이지 않았으면 좋겠습니다. 이만사천 명의 예술인에게 칠십억 가까이 지원된다는데 사실인지 잘 모르겠습니다. 저는 그 이만사천 명 중의 하나인가요. 제 삶의 복지를 꿈꾸는 당신은 누구입니까.

오랜만에 만난 사람들과 생굴 한 접시와 동태탕을 먹었습니다. 술도 한잔 마셨습니다. 서로의 아밀라아제를 섞으며 이런저런 화제로 열을 냈습니다. 비정규직의 정규화는 노예계약에 불과하다, 떨거지들은 완전 상거지 되는 거다, 뭐 그런 얘기들을 했습니다. 문학 얘기는 거의 하지 않은 것 같습니다. 화제는 썼지만 가까이 앉아 밥 먹고 이야기 나눌 사람들이 저는 필요합니다.

당분간 밥은 제가 살 텐데요.

헛살았나 봅니다. 수상 소식을 알릴 데가 많지 않습니다. 사실은 머리가 아프고 어지럽습니다. 수상의 기쁨보다 두고두고 갚아야 할 마음의 빚이 저를 짓누릅니다.

겁 없이

창조적으로 살아보겠노라고, 열심히 쓰겠노라고 했지만 그게 계획대로 되는 것이 아니라는 사실은 누구나 잘 알고 있을 것입니다. 지금 제가, 또 앞으로 제가 뭘 해야겠습니까. 친절하게 답해주십시오. 여러분!

충분히 외롭지만 조금 더 외로워질 기회를 박탈당한 저에게.

　도망가는 저를 붙잡고 다독여주시길 부탁드립니다. 눈물이 나려고 합니다. 하하! ▪

2013 現代文學賞 수상시집

한밤에 우리가 외

지은이 | 이근화 외
펴낸이 | 양숙진

초판 1쇄 펴낸날 | 2012년 12월 9일

펴낸곳 | ㈜현대문학
등록번호 | 제1-452호
주소 | 137-905 서울시 서초구 잠원동 41-10
전화 2017-0280
팩스 516-5433
홈페이지 | www.hdmh.co.kr

ISBN 978-89-7275-621-7 03810